泣くなひょうろく

戦災に生き震災に死す！

姫田光義
HIMETA Mitsuyoshi

文芸社

目次

後から書いた前書き

わたくし岩田昭一、二〇二〇年、あの忌まわしい戦争が終わって七十五年、もうすぐ白寿を迎えようとしている歳ごろになって、今、前代未聞のコロナ騒ぎのために外出もままならず、家の中でゴロゴロと手ずれで汚れた昔の漫画本を読み返したり、覚えたてのパソコンゲームに夢中になったりと、寧日なく日々を過ごしております。

そんななかで、家族一族に恵まれ、年金生活とはいえ別段小遣いに不自由するわけでもなく、こんなに長生きさせてくれた「天の配剤《はいざい》」に感謝しながらふと、そんな暮らしもできずに非命に死んでいった弟・昭六の短い生涯のことがしきりと思い出されてなりませんでした。

彼の生涯は自分のそれの一部でもあるわけですから、己《おのれ》の来し方をも振り返りつつ、何か彼の思い出を書き残しておいてやりたいとの思いに駆られ、数日間で一気に、この拙《つたな》い小説を書き上げた次第です。

もちろん、立派なお偉い先生について創作なんぞ勉強したわけでもないし、それで食っていこうなんて大それた野望を持って努力したわけでもないドシロウトの作品。これもまた幸せにも共長生きの糟糠《そうこう》の妻に言わせれば、色気も食い気もスリルやサスペンスもない、クソ面白くもない小説なんてよく書く気になったもんだ、エライエライ、なんて褒めているのか腐《くさ》しているのか分からんようなご託宣《たくせん》をもらいながらの四苦八苦。やっと書き上げて読み返してみると、アァさすが我が妻、おっしゃる通り面白くもないし興奮するような刺激もないしで、ガッカリ、ウンザリ。自画自賛ならぬ自我悲惨の心持ちになっております。

しかしながらと、ここでもう一度気持ちを取り直します。と言いますのも、地球人類の歴史の中で、コロナ騒ぎのような「天災」に見舞われて命の危機に慌てふためく時代と、戦争という「人災」で右往左往する時代とが繰り返し、繰り返し現れてきたにもかかわらず、どうして人類は同じような過ちに苦しむことになるのだろうかとの疑念が、戦災（人災）に生き残り、震災（天災）で死んでいった弟・昭六の生涯と重なり合って思い出さざるを得ないからであります。

さっき「天の配剤」なんて気障《きざ》な言葉を使いましたが、それで今も鮮明に覚えていることがあります。特攻隊で死に損ね、なんとか元の商業専門学校に潜り込ませてもらったころ、国文の先生が語った言葉です。この人は明らかに軍隊帰りらしい服装と態度で私たちの前に立ち、厳しい姿勢・顔つきと言葉で語ったのです。

「天命を拝するとは、天を敬い天の命に従って地上に幸せをもたらすことである。そのためにこそ、天をお祀りするのであり、それが〝まつりごと〟、漢字で書けば〝祭事〟であり、〝政〟あるいは〝政事〟である。〝地〟の人は平和と平穏な生活を望んで〝天〟をお祀りする。すなわち政《まつりごと》、政治を行うのであって、政治が天命に背いて誤れば、天罰を受けて地の人々に不幸をもたらす。ワシは天命によって命長らえたが、地上の〝まつりごと〟の誤りによって死んだ家族、友人、仲間を沢山《たくさん》沢山失った。こんな〝まつりごと〟、即ち人災は絶対に許すことはできない。云々」

その時は「何のこっちゃ?」と不可解な気分で聞いたものですが、今になって、弟の不幸な生涯を振り返ると、この先生の言葉が身につまされて思い返されるのです。天に背いて戦争を起こし（人災）、それでも生き残って震災（天災）に死んだ弟。彼は何か天に背くようなことをしたか。否《いな》である。しかしその天災を避けられるような、政の恩恵も受けてこなかった。これを人災と言わずして何と言うか……。

それにしても、と思うのです。人と言うか、人類と言うか、万物の霊長と己惚《うぬぼ》れながら、なんと愚かな生き物であろうか。ウイルスとか黴菌《ばいきん》とかの「天災」がジリジリと身に迫って来るのには右往左往して、昨日は何人死んだ、今日は何人と恐れ戦《おのの》くのに、何故、ある日突然落ちてくるかもしれないたった一発の爆弾・原水爆で何十万人もがいっぺんに死んでしまうような戦争、つまりは「人災」には恐怖感とか警戒心を持たないのだろうかと。

そこまで思い至って、断固思った!

そうだ、それなら、たった一人の名もなき者の拙い作品であろうと、地球人類の「天災・

人災」の歴史の中に、必死で生き抜いている賢明なる万物の霊長に訴えるための一つの教訓として、弟のことを書き残しておくのもムダではあるまいと。

最後は、エィ、ヤッと大上段に振りかぶり、やけくそになり居直っている次第であります。

珍しくもない拙い記録・創作ではありますが、微衷《びちゅう》お察しの上、どうぞ、鼻の先で笑いながら、読んでみてください。

プロローグ

ひょうろく、
戦災に生き震災に死す…
焼け残ったのは石臼だけ

一九九五年一月十七日午前五時四十六分、大地震が神戸を襲った。

被災した当日の昼前であった。ちょっとした繁華街だったが、今や見る影もない瓦礫《がれき》の山と化し、余燼《よじん》がまだあちこちでくすぶっている下町の大通りを、一人の老人が右足を引きずりながら、蹌踉《そうろう》と歩んでいる。恰好《かっこう》をつけて肩肘張ろうとするらしいのだが、どうやら腰も胸も痛めているらしく、数歩歩いては屈みこもうとする。

頭は埃《ほこり》と煙をくぐってきたように汚れ放題でボサボサ。焼け焦げがあちこちに付いた綿入れの丹前《たんぜん》を肩から羽織っているが、その下は袷《あわせ》の寝巻きのままだし、その裾《すそ》を引きずっている足下は、足袋《たび》は履いているものの踵《かかと》のないサンダル履きだ。

摩耶山《まやさん》から吹き降ろしてくる北風が、容赦なく彼を嬲《なぶ》っている。濃い眉毛、高い鼻梁、厚い唇といった彫りの深い容貌。それに白髪交じりとはいえ、まだ豊かな頭髪などから見れば、さぞかし若いころは美男子だったに違いないと思えるが、疲れ果て憔悴《しょうすい》しきった表情はまるで、感情のない能面のようであった。

やがて老人は、やっと安息所を見つけたかのように、壊れ残ったブロック塀の前の路上に放り出されて引っくり返っている火鉢の上に座って、ゆったりと目を瞑《つむ》る。

この辺《あた》りはもともと、大通りから一本横に入ったアーケード下の商店街だったようだ。神戸の下町は一町毎に区画されているから、どこそこの何丁目と言えばすぐに場所が分かるようになっていて、あちこちにある「何々市場」と言われるこのような小さな商店街も、番地さえ分かればすぐに、ああ、あそこのことかと判明する。

ここもその一つであったが、今は見る影もない。崩落したアーケードの欠片《かけら》が散らばる道の両側には、倒壊し焼け爛《ただ》れた店々の残骸が無残に散らばっている。色とりどりの衣類のきれっぱし、小魚や貝類、コロッケやジャガイモサラダ、それに古本の捲《めく》れあがったページ……。

焼ける前の各店の商品が転がっていて、その店のかつての賑わいを偲ばせている。それらの間を喪家《そうか》の柴犬が餌を探し求めてウロウロしている。各商店の表側が大通りとなり、そこにいまだに使われていたらしい古ぼけた火鉢が放り出されていたのだ。それは代々続いたお店の証しを誇示しているようで、そぞろ哀れをもよおすような一つの点景だった。

その傍《かたわら》を慌ただしく人々が行き交う。切羽詰まって避難所を探し回る者、真剣勝負に立ち会って勝負を見極めようとでもするような血走った目つきで駆け回る消防団員たちとお巡りさん。中には呆然として為す術《すべ》もなくぼんやりと立ちすくんでいる者もいる。彼らは目の片隅で老人をチラッと眺めるだけだ。

下町人情の厚いこの街のこと、普段ならそんな老人を見かけたらきっと、「オッチャン、どないしたん。そんなとこに座りこんどったらカゼひくで」と声をかけるに違いないが、今は命からがら生き残れた自分の身のことだけで懸命なのだ。彼らは、そこで老人がしばしの休息をとっていると思いたがっている。「安気《あんき》なこっちゃ」と呟きながら足早に通り過ぎていく。

老人はふと、自分がいつかこんなふうにして、寒風に吹きさらされながら透きとおった青空を眺めていたような覚えがあると思った。

そう、あれはちょうど五十年も昔、神戸大空襲で焼け出されて、両親の安否を気遣いながら行きどころもなく、腹がへり疲れきって焼け跡に座りこんでいた時のことだ。プスプスとまだくすぶっている家財道具だか焼死体だかの臭いが、そこらじゅうに広がっていた。

元の形が残っていたのは、「楠公《なんこう》（楠木正成《くすのきまさしげ》）さん」と親しげに呼び習わされている湊川神社の裏塀だけ。両親を捜しあぐねて結局は焼きつくされた自分の家の近くまで戻ってきて、今と同じようにその裏塀にもたれて座りこみ、地上の炎を反映して濃く染まった赤い空をぼんやりと眺めながら一晩を過ごした。凍死もせずに寒さに身震いしながら目を覚ますと、明るく晴れ渡った空が眩しかった。

「今日も、ええ天気やなあ」

それだけの感覚が残っていることに気付いて、のろのろと立ち上がり、両親を捜しに歩きはじめた。

　あの時、よくも生きながらえたものだと思う。両親よりも早く家を飛び出し、親父が叫ぶのを耳にしながら闇雲《やみくも》に火と煙から遠ざかろうと走った。

「トミ、何してんねん。そんなガラクタほっといて、早う逃げなあかんぞ。梁《はり》が落ちてくるぞ！」

　たしか親父は、そんなふうに怒鳴っていた。母は、唐草模様の風呂敷に包んだ茶碗とか皿とかをひっ抱えて、オロオロしていたのだ。安物で粗末なものばかりだけれど、四十年も大事にしてきた乏しい家財だもの。

　そやけど、命と引き換えにするほど、もったいない茶碗や皿なんかいな。走りながら、可笑《おか》しうて可笑しうて、腹の底から笑いがこみ上げてきたものだった。

　前をヨタヨタと駆けていたおばさんの、頭からかぶった布団に焼夷弾の破片が突き刺さって煙を上げていた。おばさんは気がついていたかもしれないが、やっぱり布団を捨てる気にもなれず、煙をなびかせながら走っている。

「おばはん、早う布団捨てなアカン。焼けてしまうで。布団ごと、丸焼けになるで！」

　それでもおばさんは捨てないで、振り返りもせず、ひっ被ったまま走って行ってしまった。

　これも可笑しうて、可笑しうて。怖いのと腹が立つのと、可笑しいのと、涙流しながら走り回ったもんや。

「火と煙に巻き込まれそうになりながら、なんであんなに笑うたのやろ？」

そう思いながら、ふと気がつくと、寝巻の懐にしっかりと抱え込まれているのは、古ぼけて擦り切れかかっている布製の財布と、数葉の古写真が入っているビニール袋。それだけを後生大事に持って逃げ出した自分の姿恰好《かっこう》が、茶碗とお皿だけを抱えて逃げ回っていたあの時の母親の姿と重なって、やっぱり苦笑せざるをえなかった。

「親子やなあ、やっぱり。よう似とるで」であった。


地鳴りがして大揺れが来た瞬間、住み込みで働いていたパチンコ屋の安普請の建屋は崩壊した。彼は不幸中の幸いとでも言うべきか、老化現象の一つと言われる前立腺肥大とかで、頻尿《ひんにょう》のために毎晩何回かは起きだしトイレに通っていて、ちょうどその時も、いつものように枕元の衣紋掛《えもんが》けの丹前《たんぜん》を羽織り、部屋を出てトイレに向かおうとしていた。歳取ると寒いのが身にしみるので、寝巻の下に長袖のシャツ、それに足袋まで履いたまま寝るのが習慣になっていた。

「年寄りの小便はキレが悪うて長引くよって、敵《かな》わんで」

毎度のことながら、ブツブツ呟きながら起き上がって廊下に出た時に、それが襲ってきたのだ。板張りの廊下が飛び上がり、柱がギイギシと鳴って何本か折れたようだ。天井の羽目板が落っこちてくる。

「大事《おおごと》や！」

咄嗟《とっさ》に彼は、よろめきながら大声で叫んだ。

「みんな、早う逃げろ！　逃げんと危ないで！」

そして大慌てに、いつも衣紋掛けの下に置いてある貴重品入れの小箱をひっくり返し、中のものをひっ抱えて階下に延びている梯子段に足を掛けた。その途端に木造の梯子段が崩れて二階まで転げ落ち、そこからさらに、今度は一階の店舗に続いているコンクリート造りの階段をゴロゴロと転げ落ちた。三階から一挙に転落していたら、命はなかっただろう。

一階の店舗はパチンコ台がみなすっ飛んでいて、パチンコ玉が機関銃の乱れ撃ちの弾のように跳梁《ちょうりょう》し、床の上には無数の玉が転がっていた。その上に乗っかって滑って転げ回りながら、彼は表に逃げ出したのだった。

振り返ると、店はもう火を噴き出していた。なにしろ終戦後、「チョウセンさん」が戦災で焼け残った商店街の一角に急造した三階建ての安普請である。もともとはアパートにでもするつもりだったのだろう。それを何度か改造して一階にパチンコ台、二階はゲーム台、そして三階を従業員用の部屋数室というふうにしたのである。堪《たま》ったものではない。倒壊するのも早ければ火が廻るのも早い。

外側から呆然とそれを眺めているのは、宿直で一階の事務所に泊まっていた二人の男だけ。みんな、逃げ遅れてしもうたんや。あちこちぶっつけて痛む頭、胸、それに足腰を忘れて一瞬、他の従業員たちのことが脳裡を過《よ》ぎったが、他人さまのことどころやない、命あってのものだねや、逃げなアカン！

「早う逃げろ！　ナニしとるんじゃ、昭《しょう》、早う逃げろ！」

親父の叫び声が耳に響いたようだった。彼は逃げた。どこに行く先のあてもなく。懐に一番大事な写真入りの袋を抱えて。そう、おかあちゃんのお椀とお皿や。やっぱり笑えるなあ。

戦災で生き残って五十年。震災で死ぬんかいな。まるで、朝《あした》に生き夕べに死すると言われたカゲロウみたいなもんや。それにしても、戦争に負けてからのこの五十年、いったい何《なん》やったんかいな。今度もまた、とりあえずは助かったらしいが、何のために、二度も命長らえて生きとるんかなあ。もうイヤやで。

思えば呆気なかったもんや。せめてものことに、おとうちゃん、おかあちゃんが、こんな目に遭わんと先に死んどってくれて良かった。生きとったら、この長田区のこっちゃ、確実に押し潰され、焼き殺されとったに違いない。それに焼け残ったのはやっぱり、あの石臼だけやろなあ。

戦災の焼け跡に残されていたのは、たった一つ、石臼だけ。どんなに貧しくて食うものに不足していても、神様仏様をお祀りするのと同じように、縁起物だということで年末には餅つきが欠かせなかった。

いつ、どこから手に入れたのか分からんけど、和田岬の家の時代から、その石臼で餅つきが始まったもんや。そこから強制疎開させられて引っ越した末に戦災で焼かれた湊川の家でも、神戸から明石の山奥に引っ越したときも、逆にその引っ越し先から神戸に戻ってきたときも、重たいその石臼をリヤカーに積んで、大事に大事に持ち運んだもんや。これも、やっぱり笑えるなあ……。

老人はぼやきながらも、辛《つら》くて苦しくて悲しかった歳月のことは少しも思い浮かばなかった。泣き喚くところを笑いながら逃げ回ったことが、そしてあの娘《こ》と手をつなぎあって登った淡路の岩屋の灯台山、そこから、いっしょに眺めた穏やかな瀬戸内の春の海の煌《きらめ》きが、一瞬、思い浮かんだだけだった。

あらざらむ　この世のほかの 思ひ出に　今ひとたびの 逢ふこともがな

中学時代に覚えて、何かしら胸をときめかせた和歌のそのくだりが、青い春の青い海の輝きとともに頭を過ぎっていった。

「もうすぐ、おとうちゃん、おかあちゃん、それにあの娘《こ》にも会える……」

そう思えると、やっと安らかな気分になって眠りについた。

あの娘の写真が入っている懐に手をやりながらの、二度と目覚めることのない眠りに。

それは楽しげで、満足げな表情であった。

第一章

せっかく名門中学に合格したけれど

昭和六年生まれだから「昭六《しょうろく》」だという、いともお手軽な名前をつけられた岩田昭六が、神戸の名門校の一つ、第二中学校（現在の兵庫高校）に合格したのは昭和十九年の春。どんなに貧しくても、学歴がないために苦労している父親のようであっては可哀想だと、岩田家では無理して兄を中学校に行かせていたから、弟をも進学させないわけにはいかなかったのだ。

それは、生まれ育ち小学校も出た海べりの下町、和田岬から強制疎開させられて新しい町に移ってきて、一家中が不平タラタラ言いながら落ち着かない日々を過ごしていたころだった。それだけに、合格の報せは一家の憂さ晴らしにもなって、両親と八十歳を超したばかりの祖母など家族のみんなから祝われ、鼻高々、意気揚々と校門をくぐったのであった。

引っ越しは和田岬小学校の卒業式の直前だったから、そのドサクサ紛れに、めでたい式に出ることもできなかった。結局、昭六の記憶の中には、小学校の卒業式とか同じ小学校でいっしょに卒業した仲間というものの印象は残らなかった。それは仕方がないとして、中学合格の喜びに浸るのも束の間、その年の暮れにはB-29の爆撃に遭《あ》い、命からがら逃げ回ることになるとか、この中学校の卒業式まで出席できなくなるなんて……夢想だにしないことであった。

そのころ、一番年上で大正十四年生まれだから「十四子《としこ》」と名づけられた姉は、早くに鉄道員（「テッチャン」と言われていた）の北山節夫という男と結婚し、家を出て大阪の高槻の郊外に住んでいた。ズブズブの軍国主義少年、天皇の崇拝者でもあった五歳年上の兄は、神戸四中を卒業する前に海軍予科練に志願し、今は家には居なかった。これもお手軽に昭和元年生まれだから「昭一《しょういち》」と名づけられたその兄の薫陶《くんとう》を受け心酔もしていたから、二中は四中よりも上だ、やっと兄を凌駕することができたと自慢したかった。それゆえ喜びを分かち合えないのが残念だったが、すぐに手紙で合格したことを報告しておいた。その中に昭六はこう書いた。

「兄上は海軍に行きましたが、ぼくは二中の大先輩方のように、陸軍の将軍になるつもりです。いや、きっとなって、天皇陛下とお国のためにご奉仕します。鬼畜米英、何するものぞ、の気概が体中に漲《みなぎ》っています」

ああ、立派な軍国少年になったと、兄はきっと喜び誉めてくれるに違いないと昭六は信じきっていた。姉もまたきっと誉めてくれるに違いないとも思ったものである。

しかし輝かしい門出に見た夢は、たちまち厳しい現実の前に無残に打ち砕かれてしまった。昭和十九年の夏も過ぎたころには、食うものが日々少なく惨憺《さんたん》たるものになっていったからである。中学校の勉学どころか、その日の糧《かて》のために右往左往しなければならなくなっていた。お昼の弁当もままならなくなっていたのだ。

父親の清一は小学校を卒業しただけで、いわゆる「社員さん」ではなかったから、勤務するガス会社では、いつまで経っても臨時雇いの扱いで、現場での肉体労働専門だった。神戸の街という街を隅から隅まで走り回り、コンクリートの道路に鶴嘴《つるはし》を打ちこみ、縁《えん》の下を這《は》いずり回るような仕事ばかりであったが、早朝から出かけ夜遅く帰宅する「クソ」がつくほど生真面目な男だった。

職場は若い者がどんどんと兵隊に取られ、残った中年以上の者たちが頑張らなければならないのだった。妻のトミが作る弁当の中身が、日々目に見えて粗末になっていったが、彼は昔から食い物については一言も文句や愚痴を口にしたことはない。だから子供たちも、父親の前では絶対に食い物のことで不平不満を洩《も》らすことはできなかった。

清一の唯一の自慢は、

「神戸の街のことやったら、どんなとこでも知っとるで。役立たずの若いもんに負けるものか」であった。

そんな彼だから、市街がどんどん活気を失って寂しくなっていくのを肌身で感じ取っていたし、一般の家庭の暮らし向きが切り詰めた苦しいものに変わっていくのも、否応なしに知ってしまう。なにしろガスの配管工事は、家々の台所に必ず行き着くものだから、その家の米櫃《こめびつ》の中身をはじめ暮らしぶりまで、みな分かるからである。その上に下町の工場地帯のあちこちが強制疎開で虫食いのように空き地になっていたり、若い者が出征し子供らが疎開させられたりしていたのである。「若いもんには負けん」というのも、あながち虚勢というわけでもなく、彼らの代わりに「自分たちが頑張らなアカン！」という覚悟の表明でもあったのだ。

母親のトミは、瀬戸内の周囲五里しかない小さな島の貧乏農家の三女として生まれた。農家といっても島の傾斜地を段々畑のように耕して、ヒエやアワやサツマイモを植え付けるだけの貧弱な畑にへばりついて暮らすにすぎず、瀬戸内海の豊富な魚介類を採《と》って暮らしの足しにするような、いわば半農半漁の家であった。この島の金になる産業といえば、トミらの住み暮らす集落の裏山にある石切り場だけだ。住民たちに何の御利益があるわけでもないが、島人たちはそこの石が大阪まで運ばれて「太閤さんのお城の石垣になった」ことを唯一の自慢にしているのだった。

喫水線ギリギリまで石を積んだ石船が、ゆっくりと沖を通って遥か遠い（とトミらは思っていた）大阪に運ばれていくのを憧れの目で眺めていたトミが、まだ少女のころに口減らしのために奉公に出されたのは大阪ではなく、神戸の和田岬にある質屋だった。そしてそこで世話してくれる人がいて、下町の同じく貧しい家の長男、つまり昭六の父親の岩田清一に嫁いだものである。

幼いころ、二、三度連れて行かれた昭六の記憶では、この島に行くには岡山のある小さな駅に降りて、トコトコ歩いて海岸べりまで下って行き、そこでこれまた小さな巡航船に乗って渡るのである。海が荒れた覚えはないが、その島に近づいて南端の鼻先を廻るころになると、決まって母親がおどろおどろしく口にする話だけは、よく覚えている。

「昔なァ、この辺でな、船がナンパ（難破）したんや。そいで死んだ人らをな、あの鼻先な、鼻岬、言うのやが、あの上にあるお墓に埋めたんや。それからやで、船がここを通るたんびに、声が聞こえてくるんや。オオーイ、オオーイ言うてな。なかには助けてくれ、言うのを聞いたもんも居《お》るんやて」

貧しい島の悲しい話であった。後になって昭六は想像する。きっとその難破した船ちゅうのには、神戸か大阪かに出稼ぎで行く人たちが仰山《ぎょうさん》乗っとたんやろ。荒れておったにしてもや、こんな穏やかな瀬戸内の海のことや、乗り過ぎとったから、横波を受けてひっくり返ってしもたに違いない。可哀想になァと。しかし幼児のころの母親の話は怖くてたまらない。トミがそれを話し始めると、目を瞑《つむ》って母親の袖をしっかり掴んで離さなかったものである。

ところで強制疎開させられる前の和田岬というところは、同じ岬でも「岬」という地名が残っているだけで、実際は神戸の港に近い海べりにあるというにすぎない。近くには造船所をはじめ重工業企業の工場がひしめき、紡績工場やマッチとかゴムの中小企業の工場も建て込んでいた。明治維新以来、神戸はそんな工業と貿易の都市として急速に発展してきたものだが、そこに生業《なりわい》を求めて主として周辺の農村から、さらには遠く鹿児島・熊本などから沢山の人々が集まってきて、ゴミゴミとした下町を形成していったのであろう。

ここまでは昭六自身が幼年期から暮らしてきた街のことだから、実感として知っている。どうしてそうなったのかという遠い昔のご先祖様のこととなると、さっぱり分からない。中学に入学してから、「やっと、あんたも一人前になりかけたんやさかい、たいして自慢にもならんけど、少しは岩田の家のことも知っといて良《え》えやろ」と、おしゃべり好きな祖母ハルがぼちぼち語ってくれた話である。中学生になって幾分小生意気になってきた昭六は、「我が家の歴史くらい知っとらなあかんやろ」と言って、語り手のハルを喜ばせるのだった。

それまではオトンボ（末っ子）だからと猫可愛がりに可愛がられてきた昭六である。毎晩のように赤い枕を抱えて、おばあちゃんといっしょに寝ると言ってはハルの布団にもぐり込む。母親のトミが叱りつけるとグスグスと泣く。するとハルばあさんが「ま、ええやないの、今晩くらい」と庇《かば》ってやる。母親はそんな昭六に呆れてしまって、「この子は、ほんまにオバアチャンっ子や。勝手にしなはれ」と突き放したように言い捨てるのだが、実は家事に追いまくられているトミとしては、ありがたがっているのである。

さすがに小学生も三年生くらいになったころからは赤い枕もあったものではない。そのかわりに話を聴いてくれるのである。祖母にとっては、「こんな嬉しいことはない。ほんまにええ孫やで」であった。後年、こうして折につけては祖母が孫に語ったのを思い出すと、こんなことだった。

昭六の祖母ハルの父親、つまりは昭六の曽祖父は、もともとは淡路島の岩屋の漁師の三男坊で、神戸に出稼ぎに来てそのままここに住み着いた一人なのだった。もちろん「岩田」姓なんてものも、明治初期のころに勝手に、「岩屋が出荘《でしょう》で、ええ田んぼがほしかったから」とお手軽に岩田と「創氏」したものである。しかしその曽祖父は勤勉で懸命に働いたのであろう、表通りに店を構えるほどではないにしても、マッチ会社の信用を得てその下請けのマッチ箱作りを生業とするようになった。そんなわけで、この辺《あた》りでは岩田家は「ハコヤ」と呼ばれていたそうな。

祖父の清太郎はやはり岩屋の多少は血の繋がりもある漁師の子であったのを、曽祖父が養子縁組でハルに娶《めあ》わせたものらしい。養子だから清太郎はハルに頭が上がらない。昭六は曽祖父の顔を知らないだけでなく、祖父の思い出さえほとんどないほど早くに亡くなっていたが、ハルの我が儘《まま》で奔放な生き様はそのころからのものかもしれなかった。

　第一次大戦のころは戦争景気でマッチ会社も忙しく、岩田家も潤っていた。だから一棟五軒の長屋とはいえ一番端の角っこにあって、他の家に比べて広い三坪もの作業場用の土間があり、その奥に六畳の居間、二階が六畳二間とあって、昭六が生まれる前まではそれほど狭くて不便というほどでもなかったのだ。

　大戦後の不景気風が吹きまくるようになると、いつの時代でもそうだが、真っ先に町場の下請けが切り捨てられた。祖父の清太郎はその中で失意のうちに死んだ。そうなると一家の暮らしは長男清一の、ガス会社の下請け会社での働き一つに頼るしかなくなった。「社員さん」ではなかったから給料も安く身分も安定していない。いつクビになっても文句の言える立場ではなかった。小柄で貧相で容貌も人並み以下というトミという女を嫁にしたのはただ一つ、陰日なたなくよく働くからというだけの理由だった。

　祖母のハルは、景気の良かったころに身に染み付いてしまった遊び癖が抜け切らず、連れ合いが早くに亡くなってからは、家事一切を嫁にまかせて近所の女仲間と相変わらず出歩いていた。隣近所はみな顔見知りで、ばあさん連中は連れだってお芝居だ、映画だ、お寺参りだとか言っては、貧しい家計からこっそりと小遣いをひねりだすか、それもできないときはお互いに融通し合って出かけていったものだ。亭主をこきおろし、嫁の悪口を言い合い、マゴ自慢を競うのは毎度のこと。

トミは、美人で派手な交際家の姑《しゅうとめ》のことを蔭で「ハデシャやから」と口を歪めて腐《くさ》していたが、面と向かっては文句の一つを言うでもなく仕えていた。ただ一つだけ、後々までも涙を流して悔しがっていたことがある。ハルが例のごとく近所のオバハン連中と井戸端会議に夢中になっているときに、一人のオバハンがこんなことを話していたのをこっそりと聞いてしまったというのである。

「あんたとこの清一はんなあ、あんなエエ格好してて、役者にしてもええほどの面相やろ。そやからもっと若いころは、街角に立って手をパンパンと鳴らしたら、そらもう、なんぼでも若い綺麗な娘《こ》らが寄ってきよった、言うやないか。それが、あんた、あんなお面の不細工でチンチクリンのおなごはんと、なんで好き好んで一緒になったんやろ言うてみんな不思議がっとるで」

「そやけど、よう働くよって、ハルさんもなんぼ助かっとるこっちゃやら」

別のオバハンがとりなすように言っている。そのどちらにも口では応えないで、ハルはニヤニヤ笑っているだけだったらしい。

「なんであんなこと言われて、おかあはん、何か一つくらい口答えしてくれてもよかったんと違うか」

これがトミの恨み節の元だった。

しかしハルがどのように思っていようと、嫁のトミに頭が上がらない事情が生じていた。清太郎とハルの間には長男の清一の他に妹が二人いた。二人ともハルに似て器量よしという評判だったのだが、上の娘の八重子は福原の料理茶屋「浜正」で仲居見習いをしていたころに、誰とも分からない客の男と「出来てしもうて」産んだ男の子がいた。茂一と名づけられたこの子が十歳になるまで女手一つで育てていたが、苦労が祟って早死にしてしまった。ハルは「父親《てておや》」も分からずじまいのこの子を引き取って、岩田姓のまま十五歳まで育てた。

料理茶屋の主・浜田正之助はこの間の事情を承知していたから、「もうそろそろ働かせたらどうや」とハルに申し出てくれたので、やっと茂一を岩田の家から送り出すことができた。彼は「浜正」に住みこみで丁稚《でっち》奉公し、板場の追いまわしをしつつ包丁の使い方を覚えたのである。そして福原の芸者で年季明けの敏子という女性と「これも出来てしもうて」結婚することになる。

他方、下の娘の茂子は祖父の出の岩屋の漁師に嫁いだが、亭主は清という男の子一人を残して早くに病死してしまった。それから数年後、同じ岩屋の漁師と再婚して春美という女の子を産むのだが、それまで先夫の十三歳になる子の清を、やはり母親のハルに一時的に預けていたのだった。茂子の二度目の夫は、今度は遭難して、これまた早死にしてしまった。

三度目に結婚したのは五つほど年下の金井姓の男だが、彼は漁師ではなく明石と岩屋を繋ぐ巡航船の船乗りだった。二人も子供を産んだとはいえ、「田舎にはもったいないほどの器量よし」といわれた茂子に岡惚れしていたらしく、後家になってしまった彼女に同情して一年も経たぬうちに一緒になったのだった。そして生まれたのが、後に昭六の運命の人になる明美である。「美人はトクやなあ」とは、当時のトミの羨《うらや》みと妬《ねた》みの半々の言葉だったらしい。

清はその後、金井の家に引き取られて淡路に帰るが、真面目一方の義父と生《な》さぬ仲の歳の離れたオナゴ（妹である）二人との暮らしが気詰まりだったのだろう、自分から家を飛び出してある廻船問屋に奉公に出た。苦労したらしいが、やがて番頭を経てそこから出店を出してもらって独り立ちすることになる。独立してから清は金井姓を嫌って岩田姓を名乗り、たった一艘だけの小さな運搬船だが船主になった。そしてその船名も「岩屋丸」と名づけたのである。岩屋に住む岩田さんの所有する「岩屋丸」。こう言われるのが清の最高の自慢、誇りになる。

そんなわけで、茂一と清とは一時期いっしょに岩田家に引き取られて、従兄弟にあたる岩田家の子供らと兄弟のように育てられたわけだ。昭六が物心つきはじめるころ、岩田家には祖母のハル、両親、三人の子供と、さらに預かりの子二人、合計で八人もが、清一の安月給に頼って暮らしていたのである。

作業場だった土間は階段下を物置にした四畳半の部屋に変えられて、預かり子らの部屋になり、奥の間に夫婦、二階の一間に昭一・昭六兄弟、奥にハルと十四子がといった「配置」の暮らしが数年続いた。食事はその四畳半ですることになっていたから、茂一・清の二人は、清一の出勤に合わせて早起きさせられ、眠い目をこすりながら布団をたたみ、掃き掃除を担当させられていた。

トミはカゼ一つひかない「丈夫なだけが取り柄」の女だった。それに近所の産婆さんだけに頼って産んだ子は、実は三人だけでなく他にも女・男・男と三人もいたらしいが（つまり合計で六人もだ）、結局生まれて間もないころにカゼだ、胃腸炎だとかわけの分からない病気になっても医者に診せる余裕がないまま、夭逝《ようせい》させてしまっていたのである。

なにしろ家の主の清一は、カゼも滅多にひかないし、ひいたとしても「熱い風呂に入って、熱いウドン食うて、越中富山の薬でも飲んでや、そいでグスッと一晩寝たら、カゼなんかどこかにすっ飛んでしまうわ」と言った調子だったから、可哀想に放《ほ》ったらかされているうちに、三人とも死んでしまったのだった。もしこの子らが無事に育っていたなら、トミにとっては血の繋がりのない甥っ子二人もの面倒をみることなぞできるわけもなかっただろう。

こうしたことから、ハルとしては自分の娘の子らの面倒をトミにみさせていたのだから、さすがに負い目を感じざるをえなかったのだが、それにもかかわらず「ハデシャ」だったのである。

「ハデシャって、何のこっちゃ?」

幼い昭六が母親に尋ねたとき、トミは吐き捨てるように言ったものだ。

「ハデシャはハデシャや。何のこっちゃもクソもないわい」

傍らで聞いていた姉の十四子が、さも訳《わけ》知り顔に、

「派手なヒト、いうことや。派手に遊び歩いたり小遣い使《つこ》うたりする人のことや」

そう昭六には訳の分からない答えをしてくれたが、その口ぶりは、普段の軽口おしゃべり好きに似ず、いかにも深刻ぶって母親に同情しているふうであった。

昭六は写真でしか見たことのない叔母たちが、祖母や父の清一に似て派手な顔立ちのなかなかの美人であることを知ったのは、ずっと後になってからである。まだ頑是《がんぜ》無い幼い子供であった昭六が、その美人の女たちの運命を知るわけもなく、ましてやその子らがどうして我が家の世話になっているのか分かるわけもなかった。ただ「大きいオニイチャン」が二人も増えたことだけが嬉しくて、茂一と清に纏《まと》わりついて遊んでもらうだけだった。母親のトミがいかにも「ハデシャ」の娘らしい派手派手しい美人たちに嫉妬していたのだということが理解できたのは、これまたずっと後のことである。

この町では貧しい暮らしは岩田家だけではなかったから、昭六は家が貧乏だとか混み合って狭苦しいとか感じたこともなかった。下町には下町なりの、子供にとっては楽しみや喜びが幾らでもあった。

彼が一番楽しみにしていたのは、オバアチャンに連れられて映画館や芝居小屋を覗いたり、お寺や神社のお参り、それらの縁日に出歩くことだった。別にそんなことが特別に好きというのではなく、賑やかな街筋を歩いて出店を冷やかしながら何かしら買い食いさせてくれるオバアチャンの生き生きとした振る舞いが好きだったのだ。おしゃべりは姉に負けるとして、多少オッチョコチョイで遊び好きなところは祖母似かもしれなかった。母親のトミはよく言ったものだ。

「この子は、ほんまにおしゃべりで遊び好きでオッチョコチョイや。誰に似たんか知らんけど、ヒョウロクグマみたいに飛び歩いてからに。しまいには漫才師か、あんなショウもないエノケンみたいな喜劇の俳優になるかしかないんと違うかいな」

冗談半分、嘆きが半分だが、その口調は明らかに姑を皮肉っていたのだ。

「そやかて、お姉ちゃんはお母ちゃんに似ておしゃべり、お兄ちゃんはお父ちゃん似でムッツリ、ワシがおばあちゃん似でオッチョコチョイ、順番に、ようできとるのと違うか。みんながみんなおしゃべりか、ムッツリしてみいな、家の中、どないいなるねん」

昭六のこんな口答えに一家はみな腹をかかえて笑ってしまった。さすがのムッツリの父親も、これには「参ってしもうた、ワシがムッツリの代表かいな」と苦笑するしかなかった。母親の皮肉に内心ハラハラしていたムッツリ派の昭一も、「お前、なかなかええこと言うな」とポツリと言っただけだが、これで嫁姑の険悪な気配を帳消しにしたなァと安心した。

おしゃべり派の姉は大笑いしながら言ったものだ。

「腹の皮がよじれるやんか、七つや八つの子の言うことかいな。ほんまにこの子は、することだけやのうて、言うこともヒョウロクダマみたいやで。これからは、昭六、言わんと、ヒョウロク言うたほうがええのと違うか」

これで昭六の仇名が決まってしまった。「ヒョウロク」はこの家の和やかさと笑いとに欠かせない存在だと認められたわけである。

映画やお芝居といえば、この街には三井・三菱といった大会社の「社員さん」専用の「何クラブ」といわれる娯楽施設があって、そこにしょっちゅう映画や旅回りの芸人さんの芝居が掛けられ、一般の町民にも開放されていた。常に勝利している日本軍の勇姿を映し出す戦争のニュースが主である。荒鷲戦闘機隊とか敵陣を突破する戦車隊、荒波を蹴立てて進む軍艦といった場面には観衆は熱狂して拍手を送った。娯楽物では目玉のまっちゃん、阪妻、嵐寛、トミに腐されたエノケン、エンタツ・アチャコ、ロッパ等々、およそ戦争の厳しさ暗さとは縁のない明るく楽しい出し物で、町民たちは束の間の喜びに沸いていた。子供らは、そんな役者や喜劇俳優の本名など知るわけもなく、戦車隊隊長やハヤブサ隊長の名前を覚えるのと同じように、彼らの役者名を覚えたのだった。

本当はやはり映画好きの母親のトミなぞは、この「タダ見」の催しには何をおいても出かけて行った。「悪《わる》モン」が「良《エ》エモン」の後ろから忍び寄ってくる場面では立ち上がって、「ホラホラ、後ろや、後ろから悪モンが来るで！」と叫ぶのだった。

「オカアチャンといっしょに映画観にいくの、イヤや、恥ずかしいわ」

昭六は帰途、決まって文句を言ったものである。

映画・お芝居のような大掛かりでない日ごろの「シバイ」もあった。紙芝居である。毎日、ほぼ決まった時間帯に紙芝居屋のおっさんが拍子木を叩きながらやって来る。するとそれを聞きつけた子供らが小銭を握って家々から飛び出してくる。酢昆布、するめ、飴玉とかが売り物だ。子供らが集まってひとしきり「商売」が終わると、おっさんはおもむろに、自転車の荷台の上に乗せた木枠の芝居台を立て、じろりと子供らを睨みまわして必ず言う。

「タダ見は、おらんやろな」

そしてボソッと呟く。

「商売やからな」

その言葉が怖くて、昭六は紙芝居屋に近寄れない。好きな酢昆布を買う小銭がもらえないからだ。電柱の陰でおっさんの声を聞きながらぼやく。

「なんや、あんなもん、映画のほうがなんぼかおもろいわ」

そうは言いつつも去りがたくて、その場に佇んでいる。たった一つ、子供心に情けない思いにかられる一瞬であった。

ここでは台風でさえも、大人らの苦労もどこ吹く風、子供らの楽しみの場であった。どこから、どうして、こんなところに居るのか、昭六に分かるわけもなかったが、子供らのなかには「チョウセンさん」と呼び習わされている朝鮮人の子らも何人か混じっていた。

彼らは昭六らの住む長屋の町並みよりもちょっと低い、ジメジメした土地に造成されている、小さくて汚らしい掘っ立て小屋のような家々に犇《ひしめ》き合うように肩を寄せあって暮らしていた。「在日韓国人」なんて綺麗ごとのような言葉も意識もないころのこと、大人たちは幾分軽蔑したような独特の口調で「チョウセンさん」と呼んでいたが、学童以前の子供らにはそんな区別が分かろうはずがない。浜辺の釣り、鬼ごっこ、そして台風下の水遊び……。みんな寄ってたかって一緒に遊び回ったものである。

暴風雨が襲来してきても大企業の工場群は防波堤に守られていたが、普段は清一らが休日の釣りを楽しむ砂浜には防波堤はなかったから、そこから高潮がしばしば町中に流れ込んでくるのだった。そうすると海べりの町屋のなかでも真っ先にチョウセンさんの家々が床下浸水ということになる。だからそこの子らが真っ先に水遊びに飛び出してくるのは当然として、それを合図のように貧乏人の長屋が水浸しになる。遅れじとばかりに日本人の子らが飛び出してくるのだが、そのころには靴や下駄はもちろんのこと、「水洗トイレ」なんて無いころのことだ、便所の糞便までが通りに流れ出てプカプカと漂うようになっている。大人たちは畳を二階に上げたり水を掻き出したりで大童《おおわらわ》だが、子供らは雨風のなかをゴム長靴を履いてバシャバシャと走り回る。まるで地蔵祭りのときのお菓子の貰い歩きのように。

しかしそんな牧歌的な風景、風物も消え去るときが来た。昭和十九年の後半にもなると、戦局の悪化は誰の目にもはっきりとしてきた。日本本土のあちこちが空襲にさらされるようになってきた。神戸では、造船所や工場などが並ぶ海岸べりの工場地帯が米軍の空襲の目標になることが火を見るよりも明らかだった。付近一帯の民家に立ち退きが命じられた。

つい先ほどまで、「ナンキン陥落」なんて号外が出て提灯行列までやって、人々は勝ちまくっているとばかり信じこんでいたのだ。「なんでこないな難しい、けったいな目に遭うんや」と大人たちはボヤキ、子供心にもそれを聞いたら「引っ越しや、引っ越しや」とはしゃぎまわる気にもなれない雰囲気だった。

強制疎開させられて一番苦しく悲しかったのはハルであったろう。彼女が生まれ育った町から引き離されて、見も知らない町に引っ越してきて、その「ハデシャ」もまったく活動の余地がなくなってしまった。新しい町には一緒に遊び歩いたり、嫁の悪口を言い合う近所付き合いの仲間がいなくなってしまったからである。たまに来てくれる親しい者といえば、孫の茂一とその連れ合いのトッシャンこと「敏子はんだけや」なのだった。彼女は途端に口数も少なくなり気も弱くなって、すっかり嫁に頼りきりの寝たきりの老女になってしまった。その上に栄養失調が重なって日に日に痩せ衰えていった。

トミは寝たきりの義母の世話と子供らの食い扶持《ぶち》探しに必死だった。清一の安月給から買えるものは日々乏しくなっていった。精米していない豆かす入りの米が手に入るならまだマシなほうで、米糠《こめぬか》だけの団子とか、断じて海苔なんて上品な代物ではない砂つきの海草とかがご飯代わりだった。それをどうにか口にできるように細工するのは並大抵のことではないが、それがどこの家でも主婦の主な仕事だったのである。

ところで新たに割り当てられた住まいというのは、「楠公《なんこう》さん」と呼ばれる湊川神社の裏塀に沿った路地に立ち並ぶ長屋の一軒で、どういうわけか前の家よりはずっと閑静で上等の家だった。多分、この家の前の住人も、疎開か一家全員亡くなってしまったかであろう。ガランドウで壊れたガラス窓と破れた障子紙だけが目立つ空き家だった。

路地を出ると広い電車道に出る。その坂道を下ると突き当たりに神戸駅が、上がると大倉山の緑豊かな公園と図書館があり、電車道を距《へだ》てた向こう側は裁判所の赤レンガ造りの古風な建物があるという、言葉でいえば優雅な文化的な雰囲気の街なのであった。

子供らにとっての環境は絶佳《ぜっか》とでも言うべきだろうが、老人にはまったく退屈きわまりない、窮屈で温かみに欠ける環境だったのだろう。まるで自然の草木を根っこから丸ごと引き抜いて移し変えたかのように、祖母が急速に衰えていったのも無理からぬところであった。そして引っ越して半年もせぬ間に、医者にかかることもなくポックリと死んでしまった。老衰死とでも言うべきか。トミは遺骸に取りすがって号泣した。

「あんな派手なお人が、美味しいもんも食べられず綺麗なオベベも着れず、おまけに友達の一人も来てもらえんで死ぬなんて、ほんまに可哀想や」

当時の状況下では葬式もできなかったのである。だが何が幸いになるか分からないものだ。ハルがこの時期に逝ってしまったことは、家族にとって実に幸運だったのである。

そうした情けない内情がある一方で、昭六にとってはこの新しい家は幸便《こうびん》だった。大倉山の図書館には学校帰りにいつでも行けたし、中学校もずっと近くなったからである。前の家だったら、通学には電車を乗り継いで一時間もかかったのだが、ここからは徒歩で三十分、「ちょうど朝練になって、ええわい」であった。ところが入学してから一年も経たないうちに、その家は焼かれてしまうことになるのだが、そんなこととは露知らず、意気軒昂《いきけんこう》として通学していた。

そんな彼にとっての最大の当面の「敵」は食糧事情の悪化だった。配給キップ制になって、そのキップ一枚が一日の夜食を購《あがな》うのに消えていった。丼鉢一杯のために、寒空の下、配給所前に一時間も「立ちんぼう」して受け取るのである。順番に並んでいても、場所取りや割り込みやはしょっちゅうで、その度にちょっとした騒ぎになるのだった。

「ワシ、さっきからきちんと並んどったで。そやのに、なんで列から外されるんや」

毎晩のことなので昭六も見知ってしまった足の悪い中年のおっさんが叫んでいる。身体障害で前に進むのがちょっとだけ遅かったというだけで、後ろの柄の悪そうな男に弾き出されてしまったのだ。その悲痛な声に、三、四人後ろだった昭六は思わず飛び出して、怒鳴った。

「ええ歳したおっさんが、体の悪いもんにナニさらすんや！　この人はずっとさっきから黙って並んどったやないか。ワレも知っとてからに、なんでそないに悪さするんや！」

黙って眺めていた近くの男女が口々に「そうや、そうや」と合唱し、「お前、どこのもんや、見慣れんヤツやな」という声も聞こえた。その男は、どうも近所のものではなかったらしい。

周りの厳しい視線に居たたまれず、柄の悪いわりには反撃もせずにそそくさと去って行った。

「にいちゃん、おおきに、ありがとさん。ワシ、こんな身体やろ。兵隊にも行けず、お国のために働けんのや。あんなヤツにバカにされて……」

「おっちゃん、泣かんでもええやん。身体が悪いのはしょうがないがな。あんなヤツこそ、軍隊にも入らず、何さらしとるんやろ。ほんまに不思議なこっちゃ」

丼鉢を両手で抱えたまま悔し泣きしているおっさんを励ますつもりで、昭六は精一杯、去って行った男に悪態をついた。後ろのおばはんが口を差し挟んできた。

「おにいちゃん、若いのに偉かったで。あんた何年生や」

「中学一年生ですねん」

「まだ一年生かいな、立派な身体して……」

と言いかけて、おばはんは慌てて口を閉じた。目の前に身体の不自由な人がいるのに、やっと気付いたというふうに。

「ええんです、気遣ってくれんでも。そうかいな、一年生かいな。将来が楽しみやな」

名も知らぬおっさんは、その場を取り繕うように大げさに感心してみせる。おっさん、おばはんらの言葉と視線が照れくさくて、身を小さくして頭をガリガリ掻くだけの昭六。冷たい風が、妙に温いように感じられる夜だった。

しかし、やっとありついた雑炊の中身はいただけなかった。家に帰って上蓋《うわぶた》代わりの皿をとって中を覗くと、大根の葉っぱらしきものが泳いでいる。箸で掬《すく》うと、米粒が二つ三つ、くっついてくる。情けなくて文句を言う気にもならない。

「おかあちゃん、今日は米粒が三つや。昨日よりは、まだマシかいな。二つだけやったからな。おまけに天井が映っとらんもん、それだけ濃い雑炊や、いうことやろな」

と笑い飛ばすしか術がない。

「結構なこっちゃ。まだ米粒が入っとるんやからな」

母親のトミは慰め顔で返事している。もう米櫃《こめびつ》には糠《ぬか》しか入っていない。夜も更けてから帰宅する夫の分の雑炊はとってあるけれども、腹いっぱいというわけにもいかない。明日の分はどうやりくりするかが難題だった。寝たきりのおばあちゃんに何を食べさせるか、そんな心配をしなくてもよくなったことだけが、救いだった。しかし皮肉なことに、そんな気遣いをしなくても済んでしまうような事態が襲ってきたのである。


それは春の気配が待ち遠しい三月十七日、六甲おろしの厳しい夜のことだった。空襲警報が鳴りひびき、家族三人はめいめいで防空頭巾をかぶり、男はゲートルをしっかりと巻き、女はモンペの紐を締めなおして靴を履き、いつでも近場の防空壕に避難できる用意をしていた。町中の何の遮蔽物もない地面を掘っくりかえしただけの壕だ。そんなもので爆弾や焼夷弾から身を守れると信じて、町内会の女子供まで総動員されて懸命に掘ったものである。

父親はなけなしの金しか入っていない預金通帳と米櫃を抱え、母親は茶碗と皿を風呂敷に包んでひっ抱えていた。昭六はといえば、学業道具と昼間にやっと手に入れた糠入りパンを布製の通学用カバンに詰めこみ、右脇に吊るしていた。誰もが、道路脇に穴を掘って土を被せただけの防空壕に逃げこめば助かると信じていたのだった。日ごろから懸命にバケツリレーだ、避難訓練だとかをやってきた成果を発揮するのだという意気込みである。

幸いなことにB－29の爆撃は港湾方面が中心で、その爆音や爆撃の地響きは間近で恐ろしくはあったけれども、直接の被害は蒙《こうむ》らなかった。空襲が終わったという安心感で、路地の家々の人々はみな外に出てきて、お互いに無事だったことを確認しあい、口々に「これも楠公さんの御蔭《おかげ》や、楠公さんが守ってくれはったんや」と言い合った。

ところがホッと安心したのも束の間、第二波が襲ってきたのである。爆音が耳に届《とど》いたのとほとんど同時だった。ヒュルヒュルという音が降ってきて、それがシャーシャーと変わった途端に、路地にも屋根瓦にも無数のロウソクを立てたような小さな火柱が突き刺さった。それらがシューシューと音をたてながら火を噴いている。一瞬にして長屋全体が燃え上がった。父親は母親を抱きかかえるようにして表に飛び出した。「昭《しょう》、早う逃げろ、一人でもええから。山や、大倉山に逃げるんや」

父の絶叫を背に、昭六は必死で表通りに逃げ出した。広い電車道の両側は手のつけようがないほど燃え上がっていて、まだ火が回っていない道筋を赤々と照らし出している。その火明かりを頼りに真っ直ぐ坂上目指して駆け上がる。高射砲陣地があったはずの大倉山からは、何の音も聞こえてこない。

「陣地が、やられてしもうたんや」

昭六は口に出してその不甲斐なさに歯軋《はぎし》りするが、見ると、その坂上全体が燃え上がっているではないか。

「こら、あかん。あそこにも逃げられん」

後ろを振り返ってみたが、彼の足が速くて大分離れてしまったらしい。両親の姿は見えなかった。それからどこをどう逃げ回ったのか、覚えているのは、「何がナンコウさんの御陰や、あんなもん、守ってくれるわけないわい」と、何遍も毒づいていたことくらいである。

そう言いながらも、両親を捜しがてらにやっぱり火の消えかかった楠公さんの下に帰ってきて、その裏塀の根元に蹲《うずくま》り、焼け落ちた長屋の跡を見やりながら夜を明かしたのだった。目が覚めてから立ち上がり、やっと大倉山の西側にある湊川小学校に行ってみた。そこには火が回ってきておらず、沢山の人々が避難してきていた。みな、気が抜けたように地べたにへたり込んでいる。家財道具や風呂敷包みを抱えている者はほとんどいない。着の身着のまま逃げ出してきたらしい。

「みな、ナンコウさんの御蔭や思うて、油断しとったんやから」

ここでももう一遍毒づきはしたけれど、人々の顔を見て安心し、ふと正気にかえる。お父ちゃん、お母ちゃん、どないしたやろ、と。

「ナンコウさん、せめて父母だけでも無事に居させてくれや」

勝手だと思いながらも神仏に祈らざるをえなかった。フラフラと、地面に冷凍マグロのように横たわっている人々の体をよけながら歩き回る。おった！　おった！　無事やった！

周辺にはまだ煙と臭気がたちこめている校庭の片隅に、父親が座りこみ、その膝の上に頭を乗せて母親が横たわっている。その胸元に、しっかりと茶碗・皿の包みを抱えて。さすがに、大事な石臼は抱えて逃げるわけにはいかなかったようだ。

昭六は不謹慎にも周りの人たちが振り向くほどの大声で笑ってしまった。笑いながら涙が止めどなく溢れてしかたがなかった。その笑い声に父親が顔を上げ、「昭！」と一声あげて一気に立ち上がった。母親の体がゴロンと横倒しに転がった。

「生きとったんか！　生きとったんか！」

父は昭六を抱きかかえながら、それだけを何度も繰り返した。

目が覚めたような顔の母親が、

「あんた、何しとったんや。ヒョウロクダマみたいにホッツキ歩いてからに。ほんまに心配しとったで」

と、気の抜けたような声で言いながらゴソゴソと這い起きてきた。その間の抜け加減がおかしくて、またまた昭六は泣きながら笑った。

第二章

焼け出され生き残って
疎開した先で

焼け出されて茫然自失の数日が過ぎていった。避難した小学校に仮設の掘っ立て小屋が建てられて雨風は避けられたものの、食い物は絶望的に欠けていた。ただでさえ配給制のカツカツの暮らしだったのだから、数百人もの被災者の集団に分配される食糧が足りるわけもなかった。

一体どうやって、何を食って生きていたんやろか。後から考えてみても、記憶が定かでないほど、あの時は無我夢中だったのだろう。

そんな昭六でも、くっきりと印象に残っているのは親父の偉さだった。普段、偉そうに号令ばかりかけていた隣組組長のちょび髭のオッサンも、ここに逃げ込んで来てからというもの、呆けてしまったように座り込んでボーッと空を眺めているばかり。親父はそのオッサンを助け起こして、「あんたがしっかりせな。誰がみんなの世話をするんや」と怒鳴りつけ、怪我人の看護やら食い物の分配やらで走り回っていた。警察も消防団も、憲兵の姿もチラホラしていたが、みな、この場の責任者は親父だと勘違いして、何かと相談していたものだ。

さすがは肉体労働者、神戸の下町の暮らしと住民の気持ちに通暁《つうぎょう》している親父だからこそ、そんなふうに立ち働けるんやなあ。昭六は感動しながら親父の後にくっついて動き回り、多少は役に立ったと思っている。

十日間もそうしていただろうか。金井春美が岩田の者を尋ね当て、「ウチらのとこに来たらええ」と言って引き取ってくれたのだった。因果応報とでもいうべきか、彼女はハルの下の娘、茂子が淡路に嫁ぎ、二番目の夫との間にできた娘である。母親のために、そして生さ《な》ぬ仲とはいえ異父兄の清のために、清一とトミとが苦労して面倒をみてきたことが、こんな形で「恩返しされたんや」と、両親が口にしているのを感心しながら聞いて、胸の内で今は亡き祖母に「オバアチャン、おおきに。ほんまに助かったで」と手を合わせたものである。

岩田一家の三人が春美の世話で引っ越した先は、彼女の嫁ぎ先、明石の奥の山際、神戸の西側の山一つ距《へだ》てた戸田村であった。そこで春美は岩田一家の食い物から着るものまで、なにくれとなく親身になって面倒をみてくれた。なにしろ着たきりスズメで、空っぽの米櫃、茶碗とお皿しか持っていない岩田一家だったのだから、まさしく何から何まで、揃えてくれたといってもよい。

そこに落ち着いてからしばらくして、昭六は明石中学校に転校することができた。後生大事に身につけていた神戸二中の生徒証明書がモノをいって、面倒な手続きも無しに許可されたのである。神戸の名門中学から転校せざるを得なくなったのは残念だったが、「命あっての物種《ものだね》や」と自分に言い聞かせながら、村から明石市内の学校まで四里の道程を通うようになった。バスは本数が極端に少なく、しかも木炭燃料。チンタラチンタラと走るのがまどろっこしくて、「ええいっ、徒歩のほうがまだマシや。それにこれもまた鍛錬のためや」と割りきって歩いて通学する。

しかし暮らしが楽になったとか、学校が面白いとかという良い方への変化はなかった。村には田畑があっても疎開者を食わせる余裕があるわけでもなく、山には山菜が豊富だとは聞いているが、今はまだ沢山採《と》れる季節ではなかった。貸主の母屋にはこの家の主人夫婦と子供二人、それに主人の母親がいて、みな境遇に同情して親切に世話をしてくれるが、食い物の管理は別物で、借りている離れ屋から何かの用事で母屋に行くと、食べ物の置き場とか米櫃に目を走らせるのが分かる。

トミ流に言うと「うちらのこと、ドロボウかなにかみたいに見くさるのが腹立つ」であった。トミがそんなふうに腹を立てるのももっともだった。

「大きな米櫃の中のな、お米さんを平らに均《なら》して、その上に〝米〟いう字を書いとるんやで。誰か勝手に触れたら、すぐ分かるようにしとるんや」

そらあ腹立つはなあと、昭六は納得しながらも、なんでそんなこと知っとるんやと疑問をも感じる。覗き込むくらいのことはしたんやろか……。

そんな一家の事情の下、やはり食い物の補給をしてくれていたのも春美であった。やがて春も盛りになると、家の前の小川や水を張った田んぼに泥鰌《どじょう》が泳ぎだし、蛙の鳴き声がうるさくなる。土手には土筆《つくし》が密生しているし、山には濃い紫色のヤマモモが枝もたわわに垂れ下がり、道端には黄色いヘビイチゴが生い茂っている。これみな食用になるといって、父親が出勤した後、昭六が通学で家を出るまで、母と子は精出してそれらを採集するのが日課になった。

戦争は遠くに望見できる範囲で依然として続いていた。

ある夜、村の南に位置する明石の町が空襲された。村から眺めていると、最初はボッと小さな光が地上を走ったかと見る間に、青い火がパッと立ち昇り、それが急速に赤く変わって広がっていった。

「ガスタンクがやられたんや！」

母屋の主人が叫んでいる。

「明石は全滅やで」

と老婆が気楽そうに言っている。昭六はその言葉に腹立ちをおぼえたが、同時にやはり学校のことが心配になってきた。

「明日、行けるやろか」と昭六。

「行っても、学校、燃えてしもうて、授業ができんのと違うんか」

母屋の小生意気な小学生が嬉しそうな声で言った。昭六は思わず、そいつの頭を小突いた。

暗闇のなかで、小学生は痛いとも言わずニヤリと笑っただけだった。

昼間は昼間で、神戸がまたもや空襲されているのが目撃された。裏山から眺めていると、東側の山越しに入道雲が湧き出るように、モクモクと爆煙が立ち昇るのが見える。しばらくして地面がビクンビクンと上下に震動し、その度に尻がピョコンピョコンと跳ね上がる。

「光と音の速さの違いやな」

これも一緒に眺めていた小学生の、場違いなもっともらしい顔つきと言葉が妙におかしくて、昭六は腹をかかえて笑ってしまった。つい先だって、その雲の下で命からがら逃げ回っていた自分の姿が目に浮かぶ。あの時も、コイツはここでこうして、ヘラヘラ笑って眺めとったんやろなあ。

爆雲の上を銀色の敵機がゆうゆうと飛んでいる。あれがB-29の成層圏飛行だと誰かが物知りぶって教えてくれたが、下から邀撃《ようげき》に向かう日本の戦闘機が蚊のように見えて近づけないのが悔しくも腹立たしい。

村の上空にも敵の戦闘機が飛来してくるようになった。P-51というらしい先が尖って鱶《ふか》のような恰好の機体で、アメリカ軍の星のマークどころか操縦席のパイロットの顔までが見えるほどの低空飛行だ。そいつが余り物なのであろうか、惜しげもなく機銃やロケット弾を、牛を引いて田んぼのあぜ道を歩いている農夫にバラまいている。牛を放り出すわけにもいかない彼が必死で走ろうとしている。挨拶代わりとでもいうかのように、パイロットがハンカチを振っている。

「冗談やない、あんなもんが当たったら、どないすんねん」

「あいつら、ムチャクチャ、弾が余っとるんや。こんなとこで撃ちまくりやがって」

「こっちの戦闘機、どないしたんや。ぜんぜん姿が見えんやないか」

山裾から田畑を見下ろしている百姓たちが、口々に勝手なことを言っている。誰も敵機が本気で狙い撃ちしているとは思わない気楽さだ。

「こんなんやったら、戦争に負けるわなあ」

その一人が、慨嘆するように呟いたのが聞こえた。昭六はカッとして、その頑丈な体つきの中年オヤジに掴みかかった。

「日本が負けるわけないやろ。負けるなんて言うヤツは国賊や、このドン百姓めが」

まわりの人たちが泣き喚く昭六を抱きかかえてオヤジから引き離した。悔し泣きに泣きながら、彼自身、絶望的な気持ちに襲われていたのだ。ゆうゆうと気楽に飛んでいるB−29、遊び半分にムダ玉を撃ちまくっているP−51。それなのに迎撃機一機も高射砲の一発も見えず聞こえもしない味方の不甲斐なさ情けなさ。さすがの神の国の軍国少年、昭六も、この目の当たりにする光景が何を意味しているかくらいは理解できる。

「おまえは、ドン百姓言うけどな、ワシら、そのお百姓さんに生きさせてもろとるいうこと、忘れたらアカンで」

無口だが手の早い父親が、珍しく穏やかな粘り強い口調で言ってきかせた。

分かっとる。そんなこと、お父《とう》ちゃんに言われんでも分かっとるわい。そやけど口惜しい、あんなこと言われて黙っとったら、天皇陛下に申し訳ない……。


間借りだが命の心配だけはない。そんな暮らしのなかで、昭六が密やかに楽しみにするようなことが生まれていた。

中学校は幸い焼失を免れていた。明石までの通学路の市内に近い場所では、さすがに道路は修理されていたものの、その両側の田畑には爆弾の破裂した穴ぼこだらけの跡が残されていた。あぜ道にはタンポポが、穴ぼこの底には薄紫やピンク色の可憐なレンゲやスミレが咲き乱れている。昭六少年は、歌の文句みたいな風景に草木の命の逞しさを感じ、無事に中学二年生に進級したことを不思議がりながら、しみじみと春の到来を味わうのだった。

中学校の高学年生は勤労奉仕で近所の工場とか焼け跡の整備とかに駆り出されていたが、一・二年生はそれを免れていた。しかし学校では授業どころではない状況が続いていた。なにしろ先生方が戦災に遭ったり通勤できなくなったり、学校に来ても引率で外回りに出ていたりで、人手が足りなくなっていたのである。定年退職したような老人先生が代用教員という形で来てくれているが、家のことやその日の食い扶持が心配で授業に身が入らない。そんな気配を敏感に察知する生徒たちは、教室から抜け出しては「教練」と称して明石城へ遊びに行ったり、校庭で野球をやったりしている。「教練だから、ええやないか」と教師たちは黙認している。

そんな代用教員のなかで、国文の水田という先生が居て、ある日、昭六はこの先生にくってかかったことがある。水田先生は黒い紐をツル代わりにした老眼鏡をかけ、その奥の細い目をいつも何かに驚いているかのように、シパシパさせている人の良さげな老人だった。

その日、中学の先輩である海軍士官が戦死したとかで、校庭で慰霊祭が行われた。すでに何回かそんなことがあったのだが、昭六は海軍の葬送曲である「海行かば」が拡声器を通して流れる度に、兄を想って泣けるのだった。それが終わって教室に戻り、国文の授業に入った。水田は老眼の目の涙を拭きながら、こんな話をした。

「この歌は〈海行かば水漬《みず》く屍《かばね》、山行かば草生《くさむ》す屍〉と続くわけやが、いずれも陸海で亡くなられた人々を悼み悲しむ詩《うた》や。人の死を悼み厚く葬るのは日本人の美徳の一つやが、それはどこの国の人も同じこと。やっぱり肉親や親しい輩《ともがら》を失うのは誰でも悲しいことや」

しみじみと語る先生の話が終わるか終わらないかの瞬間に、昭六は立ち上がって抗議の声を発した。

「先生、そやけど、どこの国も同じ言うのは、違うと思います。この『海行かば』の最後は、〈大君《おおきみ》の辺《へ》にこそ死なめ、かへりみはせじ〉だと先生は教えてくれはった。シナ人や鬼畜米英のヤツらに、そんな尊い気持ちや考えは無いのと違いますか!」

何人かの生徒が、ソウヤソウヤと共感の声をあげ、中には「センセの考え、軟弱やで」「天皇陛下の御為に戦死するのを、どないに思うとるんや」などとブツブツ言う者もいた。得意げに胸を張って立っている昭六を、水田はちょっと眺めたが、すぐに目を伏せて呟くように語を継いだ。

「わたしが言いたいのは、人の死というものは誰にとっても悲しいし悼むべきことやということや。たとえ一人だけの命や言うても、それがどれだけ大切なものなのかちゅうことを、みんなに知ってほしいんや。みんな一所懸命に生きとるけど、必ず死というものは訪れる。そやけども、肉親やらが死ぬのと、遠くで名も知れぬ人が死ぬのとでは、感じ方はみな違うやろ。シナ人にもアメリカ人にも肉親がおって、やっぱり悲しいことに変わりはなく、逆に日本人の戦死を悲しんでくれるわけもない……」

水田の言葉が終わらぬうちに生徒たちは騒ぎ出した。「シナ人が死ぬんと、大日本帝国の将兵が死ぬんと同じやなんて、ケシカラン」と息巻く者、「あんなヤツら、なんぼ殺しても悲しいことない。みんな殺してしもたらエエのや」と怒鳴る者……。教室内は騒然とした。

しかし先生と直面していて、その目の哀しげな色、憂愁に満ちた声音に直に触れた昭六は、逆に心が冷えるように感じた。そして思い出したのである。先生のお子さん二人も、南方のどことも知れぬ戦地で戦死したという噂をである。

水田先生の目の色の濃い哀しみに打たれて、昭六は沈黙せざるを得なかった。そしてなんだか訳が分からないけれども、感動めいた気分に満たされる思いがした。このセンセ、アメリカ軍に子供を殺されながら、それでもなおアメリカ兵の死をも含めて、悲しみと悼みの気持ちを堪《こら》えておるんやなあと。

水田は生徒たちの騒ぎを眺め渡しながら、最後に声を励ますようにはっきりと謳《うた》った。

「あらざらむ　このよのほかの　おもひでに　いまひとたびの　あふこともがな」

そして教科書とノートを一包みにして抱え、静かに教室を出て行った。

〈ああ、センセ、お子さんらのことを思い出されたんやな。ワシ、なんだかすごく悪いことしたみたいやなあ……〉

昭六は先生の去って行った後ろ姿の寂しげな背中が、お前たちに何が分かるんだという痛烈な非難を告げているように感じたのだった。センセがほんまに言いたかったのは、

〈『海行かば』を歌って死んだ人を悲しみ悼むよりも、しっかりと生きることを考えろ。ワシの子供らの分まで、お前たちは生きるんや！〉

と、そういうことやなかったか。

〈センセ、軍国少年でもそのくらいは分かるで……〉

昭六は呆然と立ちすくんだまま、水田先生が出て行って、開けっ放しのままの引き戸を眺め続けていた。


この教室での騒ぎを学校当局にチクった者がいたらしく、水田先生はその翌日から姿を消してしまった。事件の余波はいつまでも昭六の心の中に残った。そして日常の学校生活は、やっぱり面白くもなく過ぎていった。とりわけ体育の時間が面白くない。

軍事教練で体を動かす以外に正規授業の体育があるが、駆け足、徒手《としゅ》体操、鉄棒、跳び箱といった退屈きわまりない決まったことしかやらない。上級生が不在なのをいいことに、下級生はグランドをいっぱい使って野球をやっていた。なにしろこの学校はかつて甲子園で最長の延長戦を戦って有名になったほどに野球が盛んだったのだ。「職業野球」を目指す球児も多かった。しかし戦時下ではアメリカ産のそれも制限されていた。バットもボールもグローブもミットもスパイクも言葉にするのは御法度。「ストライク・ボール・セーフ・アウト」の判定も日本語で、「エエ（良い）タマ・ハズレ・生き・死に」というわけである。とりわけ「生き・死に」は少年たちにとって戦地の兵隊さんの苦労を連想させるのだろう。精一杯、大声で勢いよく、さっと両手を広げて「生き！」、右手を高く上げて「死に！」と叫ぶのだった。

しかし草野球のことだし正規の体育ではない。普段少年らは平気で大声をあげて「敵性用語」を使っている。困ったことには用具がない。仕方がないから、そこらに落ちている棒切れをバット代わりにし、木を丸めてそれを布切れでグルグル巻きにし、タコ糸できっちり縛っただけの粗製ボールをぶっ叩く。みな素手だが、さすがにファーストだけはグローブをはめるが、革のものがないときは、これも布を何重にも縫い合わせた粗製乱造のお手製の大きな手袋である。試合はたいてい三角ベース。ベースといってもそこらに落ちている木切れで四角い枠を作ったり、ぼろぎれを置いておくに過ぎない。そこを走り回るのである。それだけでも少年たちは充分に楽しめた。

昭六は、よく打ちよく走った。かつて来日して有名になったベーブ・ルースと、もともとの仇名に因んで「ベーブ・ひょうろく」という名誉ある称号を頂戴したほどである。この際は、ベーブ・ルースがアメリカ人だということには誰も文句を言わない。そう言われて得意満面の彼は「学校には野球しに行くんじゃ。野球部のヤツらなんか、ナンボのもんじゃ」と、親には内緒だが意気軒昂たるものである。戦時下で休部していなかったら、間違いなく彼は野球部に勧誘されていただろう。

なにしろこの中学校は、甲子園の球史に残るほど有名な学校だったのである。大きな声では言えないが、「早う、戦争に勝って、戦争のない世の中が来てや、思いっきり本物の野球やりたいなあ〜」が、少年たちの口癖のようになっていた。


そんなある朝のことである。校門の近くで、

「昭六にいさんと違います？」

と後ろから声をかけられた。「にいさん」なんて気安く呼びたてるヤツがこの街中におったかなぁ、と不審に思いながらヒョイと振り返ると、そこに昭六の中学校の直ぐ傍にある女子中学校の制服を着た少女が立っていた。色白でふくよかな頰《ほお》をしたその娘は、まじろぎもしない円《つぶ》らな瞳の眼差しで、まっすぐに彼を見つめていた。

ダレやったかいな。一瞬、こんな可愛い子が知り合いに居《お》ったかいなと戸惑う昭六。

なにしろ、女といえば祖母と母親、それに若いところではせいぜい姉の十四子くらいしか身近にいなかったのである。しかも戦時下である。戸惑うのも当然だが、すぐに思い当たるところがあった。

「ああ、明美ちゃんかいな、こんなに大きくなって」

と自分のことを棚にあげて言いかけて、昭六は驚きの目で彼女を見直した。まだ和田岬の

海べりの家に住んでいたころ、一、二度、金井のおっちゃんに連れられて来たことがあった。顔がやたらに長く日焼けして黒かった。おまけに目と眉がかなり離れている間延びした顔立ち。

「なんやケッタイなオンナやで。可愛くもなんともないわい」

と大人の言葉を真似して毒づきながら、一緒に遊んでもやらずに家を飛び出して友達のところに行ってしまったものである。

そんな印象だけが残っていたのだが、しかし今、目の前に立っている明美は、丸顔で目鼻はチマチマしているが、整った顔立ちである。見間違うのも尤《もっと》もだった。

「き、きみは、明美ちゃんと違う？」

昭六は使い慣れない言葉でつっかえながら、こわごわと尋ねた。

「覚えてくれはったの。そうですねん、春美の妹の明美です」

「ああ、やっぱりそうや。お姉さんにはいつも厄介になっています」

これは社交辞令ではなく本音だった。明石の奥に一家が無事に住まえるのも、春美のお蔭だった。しかし淡路島の少女が、まさか明石の女子中学校に通っているとは、今の今まで想像もしなかったことだ。

「船で通っているの？」

何を話してよいのか分からないまま、彼は当たり障りのないことを口にする。

「そうですねん。つい先日、入学したばっかりですねん。昭六にいさんが、こちらの学校に通ってはること知ってましたから、会いたいなあ思ってました。会えて嬉しいわ」

屈託なく、コロコロと囀《さえず》るように明美はしゃべっている。こんな場合、「ボクも嬉しいです」とか何とか言うのだろうなあと、昭六は適当な言葉を探しあぐねて焦っている。明美の後ろに立っている同級生らしい別の少女が、昭六をジロジロと眺めながら、「早く行かないと遅刻するわよ」と声をかけた。

「今度、また淡路島に遊びに来てくださいね、お待ちしています」

と、これだけは大人っぽい言葉を口にして、名残惜しげに明美は小走りで去って行った。

しばらく呆然としている昭六に、野球仲間の清水慎一が言いかけた。

「ひょうろく、あれ、誰やねん。えらい可愛い子やが。おまえも隅におけんヤツやな」

「違う違う、あれは金井明美いうてな、ワイの又従妹《またいとこ》や。ほれ、今住んどる間借りを世話してくれはった淡路の親戚の妹や」

慌てて言い訳する昭六を、疑わしげな目つきで見ながら薄笑いする清水を置いて、昭六も足早に校門に向かった。

登校時間帯が同じだから、それからも何度か二人は出会った。だからと言って、どちらも必ず友達が傍にいたのだから、両方の家の様子を知らせあうのが関の山で、何か内容のある話をするわけではなかった。淡路島の岩屋から明石に渡る巡航船が軍に徴発されて船便が少なくなったこと、そんな船がアメリカの潜水艦に次々と撃ち沈められているらしいこと、「そやけど、島の南端の水仙のお花畑は、やっぱり綺麗に咲き誇っているんよ」といったようなことを、明美は脈絡もなく囀った。

昭六は昭六で、明石の空襲を村から眺めた夜景の綺麗だったこと、爆撃の跡の穴ぼこに春の花々がひっそりと咲いていたこと、中学校では野球ばかりしているが、「先生は文句の一つも言わへん」ことなどをボソボソと話した。

気安くなって何かの拍子に、

「ワシ、学校ではヒョウロクと呼ばれとるんや」

と言ったときに、いつの間にか「ボク」が「ワシ」に変わってしまっていることに気付いて慌てたが、明美はそんなことを気にもせず笑い転げるだけだった。

「そんなら、うちもこれからヒョウロクにいさんって呼ぼうかしら」と。

その開けっぴろげで屈託のなさを、昭六は母親に報告した。

「きょう日、珍《び》しい明るい子やで。暗さや辛さを吹き飛ばしてくれるみたいや」

わずかな立ち話をした後、彼女はいつも小走りに去って行くのだったが、そんな後ろ姿を眺めながら、今度はいつまた会えるだろうかと期待する昭六だった。

男女が手をつないで歩くことなど論外。立ち話さえ噂のタネにされるような時代だった。いくら親戚のオナゴだといっても、噂する者たちには通じない。「ヒョウロクに女ができた」とニヤニヤしながら大人っぽく言う者から、「こんな非常時に不謹慎だ」と、もっともらしく渋面を作る者まで、恰好の話題を提供してしまったようである。


しかし昭六のその楽しみも突然断ち切られる時が来た。

「今度、きっと淡路で会いましょうね」

と、指切拳万《ゆびきりげんまん》でもしかねないような言葉を交わして別れた、その晩のことである。一間しかない間借り部屋のことだ。昼間の疲れで眠りこけている父の枕元で、姉の十四子と母が暗い電灯の下で額を寄せあうように語りあっていた。

十四子は、親孝行というか大胆不敵というか、しばしば大阪の高槻から敵機来襲で途中停車してしまうJR、当時でいえば省線電車に乗り、バスも通わない夜道でも、歩いてこの村までやって来るのだった。わずかばかりの卵、野菜や米を風呂敷に包み、胸に抱えての「里帰り」だ。トシコ、トシコと母が頼りきっているたった一人の肉親だった。

「ちょっとは助かるやろ」

というのが姉の口実だが、本音は嫁入り先の、ご多分に漏れない姑・小姑の愚痴を聞いてもらいたかったのだろう。

「やっぱり母娘《おやこ》やなあ、どっちも姑はんのことで苦労するわ」

苦笑交じりに話を聞くトミであった。

昭六は不思議だった。なんでこんな危ない時期に、こんな交通の便が悪いのに、ちゃんと省線電車に乗って来れるのやろと。人の良い婿《むこ》さんが鉄道員で、家族パスとやらがあるからやと母親は言うが、それにしても危ないことに変わりはないだろうに。

昭六はいつも涙ながらに話す姉の姿を、傍らで勉強しながら眺めていた。若いオナゴハンがたった一人で夜道をやって来る。そんな姉の勇敢さに感心しながらも、同じ話にウンザリして「またかいな」とも思うのだが、母親はさすがに根気強く聞いてやり、叱ったり宥《なだ》め賺《すか》したりして帰らせるのが常だった。十四子は、泊まりもせずにやって来た夜道を引き返していくこともあった。

その晩も同じ情景だったのだが、突然雨戸が叩かれて四人をびっくりさせた。その音が激しかったので、父親も飛び起きた。

「速達や、軍事郵便らしいで」

母屋のおやじさんが怒鳴っている。四人はみな、ただ事ではないと直感した。こんな田舎に、こんな時間に、軍事郵便の速達が来るとすれば、それは昭一の報せに違いなく、それも決して良いものではないと分かるからだ。

「お騒がせして、すんませんな」

そう言いながら、トミがおやじさんから受け取ってきた封筒を、清一がひったくるようにして取りあげ、宛先は書かれていても発出先は書かれていない封筒の封を引き裂いた。中身はたった一枚の便箋だけだった。まだ大家のおやじさんが外に立ったままなのに、薄暗い電灯の下に四人は恐る恐る額を寄せあって、その一枚の手紙に視線を集める。そこにはわずか二行、赤黒くてインキにしては盛り上がったような乱れた文字が書かれていた。

「先立つ不幸をお許しください。昭一は御国のために特攻隊に志願し旅立ちます」

それは明らかに血書だった。両親は呆然とするばかり。十四子は父親の手から手紙をもぎとり、何度も読み直している。ついにやったか。昭六の第一感はそんなものだが、不思議と感激も感動も湧いてこず、あれだけの文字を血で書くというのは、どれほどの血が要《い》ったのだろかなどと場違いなことをぼんやり考えていた。

腰を抜かしてしまったように横座りでへたり込んでいる母親、正座して両拳を膝の上で握り締めている父親、抱え込んだ両膝の間に首を突っ込んだまま泣いている姉。ただならぬ部屋の中の様子に、大家のおやじさんは居たたまれなくなったらしい。いつの間にかそっと母屋に帰ってしまった。

「昭一が、死んだんや」

押しつぶされたような声の十四子の言葉だけを残して、その夜は更けていった。

第三章

戦争に負けて
神戸の街に舞い戻ってきた

戦争は終わった。昭六、中学二年生の夏。真夏のカンカン照りの校庭で、全校生徒全員が校舎正面にある天皇陛下と皇后陛下の御真影を祀った奉安殿《ほうあんでん》前に土下座させられて、拡声器の音量をいっぱいにあげたラジオの「玉音放送」なるものを聴かされた。ガーガーと雑音が入り、しゃべっている言葉も古語交じりらしいので、何を言っているのか生徒たちにはさっぱり分からないながら、先生方がみな俯《うつむ》いて泣いているのを見て、それが敗戦の告示であることを知った。

隣に座っていた清水が、こっそりと昭六に耳打ちした。

「校長はん、割腹自殺するかもしれへんで」

腹切りの真似をする清水の手をはたいて、昭六は小さいがきつい声でなじった。

「ええかげんにせえよ。お前から先に殺されるぞ」

夏空にセミの鳴くのだけが、やたらに耳につく静謐《せいひつ》の中だから、二人のやりとりが教師たちに聞こえないわけはなかったが、誰も顔を上げて注意しようともしなかった。

空襲から命からがら逃げ回り、それでも大日本帝国と天皇陛下の勝利を信じて疑わなかった昭六も、さすがにその日、日本の敗北を認めないわけにはいかなかった。それは兄の昭一の「遺書」を見て以来、兆《きざ》していた心根の弱まりではあったが、ここにきて完全に「ドン百姓どもに兜を脱いだ」のである。

茫然自失し、虚脱したような日々が過ぎていった。昭六は、闇雲に百姓の子弟である下級生や同級生を殴りまくり、弁当を奪いまくった。

「お前ら、米のメシ食いやがって。今まで隠しとったんやろ。このケチンボのドン百姓のガキどもめっ！」

というわけである。その乱暴さが学校でも問題視され、職員会議で停学か退学かで議論されるようになってしまった。不思議なことに軍国主義教育に血道をあげ、それゆえ忠実な臣民で軍人志望だった昭六を可愛がっていた教師ほど、過酷な処罰を主張した。逆に戦時下では昭六の言動に眉をひそめていた教師の方が、むしろ庇《かば》いだてしてした。

「可哀想やないか。あんなに信じていたことがひっくり返ってしもたんやさかい。それに今は民主主義や。自由やで。生徒を大事にせなアカンのや」

と主張した。そして彼らはこっそりと、厳罰を主張する教師たちのことを、まるで教え子を戦場に送り出して戦死させたことへの贖罪《しょくざい》代わりみたいに怒鳴っとるんやと、呟いていたものである。

先生方の間にあった見解の相違というものは、出身地や出身校の違いからも来ていたようだった。圧倒的に多いのは広島高等師範系で、東京高等師範出は間違ってこっちに送られてきたみたいに肩身が狭そう、居心地が悪そうに、チラホラといるだけだった。それだけに逆に存在感を示そうと張り切って生徒を訓導していたのかもしれない。

出身校が必ずしも出身地方を示しているわけではなかったが、やはり広島系は関西地方の、東京系は関東・東北地方の出身者が多かった。東北地方の出身者はすぐに分かる。生徒たちは陰口をたたいたものだ。「ズーズー弁のセンコウ」だとか、あのセンコウに「そんなアホなこととか、お前アホとちがうかとか言うたらアカンで。本気で怒りよるからな」といった調子だ。

実際、関西弁で「アホ」なんて言葉は、悪意をもっているわけではなく日常的に使われているのだが、面と向かって「アホなこと言うな」とか言われると、それが笑いながらの冗談口であったとしても、東北出身者には「バカにされた」と勘違いすることが間々あったのである。教師間でそんな感情的な軋轢《あつれき》があることは、生徒らにもすぐにバレてしまう。生徒らは面白がって、「ワシ、アホと違いますねん、バカですねん、そう言わんとアカンで」とか言い合って笑い転げたものである。

もちろん出身地・出身校が、戦争と戦後の教育についての見解の相違を決定しているわけではなかった。広島系でも強烈に軍国主義を主張していた者もいるし、東北系でも穏やかに生徒に接し諭している者もいた。どちらかと言えば、融通のきかない頑固一徹なのが東北系、軽妙で親しみやすいのが広島系と見られてはいたが、それが彼らの思惑とか思想を表しているとは言えないだろう。どちらにしても戦時下では平和とか人道主義（英語の先生でも〈ヒューマニズム〉なんて用語を使うのは絶対にアカンのであった）とか、もちろん自由・平等どころか優しさ寛容ささえも主張することはできず、そういった言葉さえ口にできなかった。しかしその教師間でも、広島の「新型爆弾」のことを知った時は、広島系に対する同情という一点では一致していたのである。

明石は岡山を経由して広島には真っ直ぐに行ける。情報もすぐに届いた、というよりも、実際にその爆撃で軽微ではあるにせよ被災した人々、その閃光の猛々しさを見た人々が避難してきていた。彼らは口々に、大本営発表の「新型爆弾」の恐ろしさを語ったが、まだその被災状況の実情や、何が「新型」なのかを知るわけもなかった。だから、広島とその近辺の出身教師の数人は、一日二日しか経っていないのに、おっとり刀《かたな》で広島に向かった。

そして、誰も帰っては来なかった。

戦後もしばらくしてから、被爆《ひばく》したわけではもちろんないが、「被曝」したのかもしれないという噂が教師の間に広がっていた。直接被爆したわけでもないのに「被曝」したから帰ってこない。これまで聞いたこともないその言葉の禍々《まがまが》しさに、実態を理解できないまま彼らは恐怖した。そしていろいろな意見の違いを超えて、帰ってこない仲間の冥福を祈ったのだった。

そうした学内の諸事情とはかかわりなく、昭六らは勉学を続けなければならなかったが、戦後の最初の授業で教師と生徒の双方にいきなり突きつけられた作業課題があった。教科書の墨塗りである。これまで校舎正面に設置されていた奉安殿とその中の天皇の御真影とともに、生徒たちが皮肉を込めて「三種の神器」と呼んで大切に扱ってきた国定教科書を、こともあろうに汚い墨で塗りたくるのである。教師たちは生徒の前をも憚《はばか》らずに泣いた。生徒らは面白がって「墨塗り合戦」だと称して他の者の教科書を奪って塗りたくった。

昭六は授業のときに、みんなの前で演説したものだ。

「センコウらは、アホやで。なんぼ墨塗りして消したって、ワシらみんな覚えとるちゅうか、無理やり覚えさせたのはセンコウやろが！」

これにはみんな共感の笑い声をあげたが、目の前の教師も叱ることもできないで苦笑いするだけだった。

そんな荒れた日々ではあったが、相変わらず几帳面に神戸のガス会社に出勤していた父親の清一が、知人の間を駆けずり回り聞き回り、やっと新しい貸家を見つけてきた。それが長田区の長屋である。

なけなしの家財道具、といってもタンスとか机のような大きな荷物は何もなく、せいぜい春美が差し入れてくれた何枚かの布団に卓袱台《ちゃぶだい》、鍋釜などの台所用品、それにあのトミが必死で守りぬいた茶碗・皿などの食器類くらいなものであった。それでも大家のおやじさんが貸してくれた手押しリヤカーと、それに「心ばかりのお餞別《せんべつ》や」と言って乗せてくれた幾束かの薪《たきぎ》と野菜が、一家三人の新しい門出に花を添えてくれたようで、喧嘩《けんか》ばかりしていた昭六でさえ思わず涙ぐんでしまったものである。

引っ越しに省線電車を利用しないのなら明石を経由する必要はない。戸田村から明石へ南下する幹線道路から東に入る脇道を通ることになる。村の裏山から眺めていたあの神戸の爆雲立ち昇る山の裾の方で、そこを通り抜けると海岸線に出る。

清一が引っぱりトミと昭六が後押しするリヤカーの道のりは、鼻歌交じりの親父流に言えば「七里くらい屁でもないわい」であり、昭六流に大げさに言えば「踏破」されたのであった。親父の「屁でもない」という言葉を聞いて、昭六は腹の中で笑いがうごめくのを堪《こら》えきれなかった。まだ小学生であったころ、仲間たちといっしょに行進曲ふうに両腕を大きく振り膝《ひざ》を高く上げながら歌ってのし歩いた歌詞を思い出したからである。

「朕《ちん》は思わず屁をこいた。汝《なんじ》臣民臭かろう。鼻をつまんで我慢せよ」

今でこそ、その歌詞が不敬なことはよく分かる。しかし当時は漢字で覚えて歌っていたわけではなかった。「ナンはおもわず屁をこいた。ナンジシンミン臭かろう。鼻をつまんでガマンセよ」　分かるのは「屁をこく」と「鼻をつまんでガマンせよ」というところだけだ。

　これを大声で歌いながら道々行進するのである。聞いた大人たちはビックリ仰天、近所のオヤッサンが飛んできて、子供らの頭をはたきながら怒鳴りつける。

「何ちゅうこと言うんや！　憲兵やお巡りさんに知れたら、ただではすまんぞ！」と。

　オバハンは半泣きで、オロオロしながら自分の子供だけを引っぱり出す。

「ゴメンやで。ちゃんと言い聞かせますさかい……」

　ナンデヤネン⁉　子供らには訳が分からない。誰が作った文句か知らんが、大人たちだって、こっそり歌っておるやんか。そやから、ワシらも覚えてしもたんや、というわけである。

同じ組の級長をしていた中山年男なんか、もっともらしい顔をして、

「この歌、おかしいで、間違っとる。なんでチンが屁をこくんや。チンはションベンするとこや。屁こく所とちゃう。そやから、同じ歌うんやったら、〈チンはおもわずチビラシタ。早うに便所につれていけ。おまえら臭いのガマンせい〉そう言わんとアカンのと違うか」

　なんて、それこそ屁理屈を言ったものだ。アイツ、ほんまは本当の意味分かっとったんやろ。

　天皇陛下に申し訳ないことを平気で歌っていたものだと思う反面、そんなことを思い出す自分がすでに、天皇陛下への忠誠心が衰えているのを感じるのだった。

さらに昭六は思う。軍隊だって、やっぱりそうや。あのころ、兵役から帰ってきたオッサンらが言ってたなあ。

「腹減《へ》ったい（兵隊）さん。メシ食う連隊長」って。

貧乏人はみんな赤紙一枚の徴兵で軍隊に入ったら、腹いっぱいメシ食えると信じとったんやけど、ホンマはそうでもなかったんやなあ。

子供らにとって一番偉い軍人さんは「連隊長」だった。多分それは田河水泡《たがわすいほう》の「のらくろ」の影響だっただろう。ブルドッグの連隊長さんには、兵隊さんらは誰も文句を言わずに命じられるままに勇ましく戦っていた。憧れの連隊長。「ぼくは軍人大好きよ、今に大きくなったなら……」と歌い、その末は「陸軍大将になる」のが夢だった。連隊長とは、その陸軍大将に他ならなかったのだ。それが子供らのイメージであり、それ以上の階級の偉い人なんて、乃木大将の名前くらいは聞き知っていても、想像もできなかったのだ。乃木大将も連隊長だったに違いない、と子供らは信じていた。

あと、名前を知っとる偉い人というと、今から思うとみな日露戦争のころの歌やったらしいが、〈ホウテンセン（奉天戦）のカチドキの聞こえる今日の記念日は……〉という歌といっしょに歌っとった「タチバナ中佐」たらいう偉い人が、「スギノはイズコ、スギノはイズコ」と叫びながら探し廻って「センナイ、クマナク、探せど見えず」とガッカリしとった、あのタチバナとスギノくらいなもんや。中佐ちゅうのはやっぱり連隊長やろが、「中」だから「大将」の「大」よりは下なんやろなあ、なんて思うとったくらいや。

その連隊長さんが、メシ食うのは当然だ、あのくらい偉い人になったら、たらふくメシが食えるんだ。子供らには、メシをたらふく食っている人のいる反面に、メシも食えずに腹を空かせている兵隊さんら（ハラ、ヘッタイサン）がいると、それくらいのことは分かるが、なんでそうなるのかというところまでは、気がまわらないのだった。

昭六の思いに気がつくわけもない親父の珍しい陽気さが昭六にも伝染して、山道は「なんだ坂こんな坂、なんだ坂こんな坂」と声を出しながら越え、須磨の海岸べりの道路から砂浜を眺めやると〈海は広いな大きいな〜〉と歌うほどウキウキした気分であった。親父は時々屁をひった。リヤカーの後押しする昭六に、それはもろに漂いついてきた。「屁こき親父め！」と口には出さずに罵りながら、しょうがないか、今日もイモばっかり食っとったさかいなと、自分を納得させるのだった。

海の香りと屁の臭いとを嗅ぎながら、昭六は想起する。この辺りは源平合戦で義経が平家を破ったという「鵯越《ひよどりごえ》の逆落《さかおと》し」で有名な一ノ谷の戦いの戦場だったところだなあと。しかし彼はその話を本で読んで常々不思議に感じていたことがある。鵯越は神戸の北側、有馬温泉に向かう途中にあり、岩田家の先祖代々の墓がある市営墓地の所在地である。そこから須磨の海岸線に出るには相当の距離があり、しかも逆落しするような箇所もない。想像できるのは、お墓のある辺りから山伝いに、神戸アルプスと俗称されている須磨浦の後ろの小高い山並みに入り、そこから逆落しに海岸へと急襲したのだろうということだ。

〈鹿も四つ足、馬も四つ足、鹿の越えゆくこの坂路、馬の越せざる道理はないと、大将義経真先《まっさき》に……〉

という歌詞が本当だとして、なんで鵯越が出てくるのやろという疑念が湧く。義経を思い浮かべていて、ハッと気付いたことがあった。

なんで、今まで気付かなんだんやろ。この道は、楠公さんが足利尊氏と戦って負けてしまう蓮池、駒ケ林、そして湊川などの戦場に続いている。そしてそれは正しく自分たちの家が焼き払われた敗残の地、湊川神社の裏塀沿いの長屋への道程なのだ。

楠公さんは凱旋してきたわけやない、ワシらもそうや、凱旋ちゅうわけにはいかんが、少なくとも、敗戦への道ちゅうわけでもないわなぁ。

子供らが教わってきた歴史では、なぜだか正成が擁立した「南朝」が正統な政権で、尊氏が「悪《ワル》もん」にされている。正義の味方、大忠臣の楠公さんだから、そのお蔭で助かったと一瞬ありがたがったのだが、実際は焼かれてしまって「御蔭もクソもないわい」と、命からがら逃げ回った。今は、もう大忠臣の功徳なんか信じられない。そう思い始めると、なんで

「南朝が正しくて北朝が悪もん」なのか、天皇陛下がなんで南朝の正統性を引き継いでいるというのかも、「ワケ分からん！」ことになる。

まあ、なんやなあ、義経にしても正成にしてもや、歴史ちゅうもんは、ワケが分からんことが多いわい。そやけど、そんなことはどうでもええ。楠公さんには一時《いっとき》お世話になったし、お墓のある鵯越はおとうちゃんおかあちゃんが、これからお世話になるはずやし。うちのお墓が、義経の名前といっしょになっていつまでも歴史に残るんやからと、歩きながら勝手に解釈して嬉しくなり、さらに力を入れてリヤカーの後押しに精出す。

しかしさすがに母親は疲れたようだった。海を見下ろす小高い丘の上で一休みしながら、これも春美がもたせてくれた大根のコウコ（漬物）付き塩味の握り飯を三人はほおばった。食べ終わり、立ち上がりながら昭六が断固とした調子で父親に言いかけた。

「おかあちゃん、お疲れさんや。運んでやるさかい、乗りいな。なあ、おとうちゃん、ええやろ」

「そら、ええ考えや。ヒョウロクにしては気が利くやないか。せっかくコイツが言うてくれたんやさかい、トミ、遠慮せんと乗ったらええがな」

親子の上機嫌な掛け合いが嬉しくてトミは鼻をグスグスすすりながら、

「ほんなら、ちょっとだけ、お邪魔させてもらいます」

とチンマリとリヤカーの端っこに腰を下ろす。

「お邪魔さまやて」その言葉が可笑しいと父と息子は声を合わせて笑ったものである。

引っ越して帰ってきた神戸の長田区の家というのは、六軒長屋の一棟の真ん中にあった。周りはみな空襲の焼け跡なのに、そこの一角だけが不思議にも焼け残っているのだった。

楠公さんの裏側の長屋と違って、ここの長屋は強制疎開させられる前の海べりの家とよく似ていた。下が六畳一間と土間付き、上が四畳半と六畳の二間のある二階家で、三人家族には広過ぎるほどのものだった。玄関というほどのものでもないが、表戸は腰板の上にガラス張りの引き戸で、入るとすぐに三和土《たたき》の土間になっている。ガラスにはまだ襷《たすき》掛《が》けに細長い新聞紙が貼り付けられていて、戦時のままだ。表戸からはすぐに六畳の間の横の通路になっていて、裏口までつながっている。通路の突き当たりに竈《へっつい》さん（カマド）がデンと据えられているが、落語流に言うと、「まあお入りやす、ずっと奥までお通りやす」と言われてスッと通ると、裏口の粗末な木戸から外の狭い小路に出てしまうといった造りだ。

居間の奥がガラス戸で、それをガラガラと開けて出ると、狭い濡れ縁を挟んですぐに汲み取り式の便所のペラペラしたベニヤ板の扉に突き当たる。縁の先は一坪ほどの裏庭だが、庭木はもちろん植木棚を置くほどの広さでもなく、竈さんのある炊事場から居間に食事を運ぶのに数歩で歩けるか、せいぜい金盥《かなだらい》を置いて行水ができる程度のものである。裏の小路は六軒をずっと通していて、住人たちの往来と便所の汲み取り屋さんの通り道になっているのだった。

元の住人は土間の広さからすると、この辺りに多いゴム会社の下請けの仕事場にでもしていたのだろうが、戦争が激しくなって疎開してしまったらしい。「難儀なこっちゃ、お気の毒になあ」と、自分たちの難儀をさしおいて母親の嘆きを誘ったものだ。

戦時中は誰も住んでいなかったらしく、畳はもちろんのこと、壁も竈《かまど》も便所も何もかもが埃とクモの巣だらけ、おまけに壁にはゴキブリの卵がゴマをまぶしたようにビッシリとへばりついている。天井裏は各軒に仕切りがないらしく、ネズミが我がもの顔に六軒屋の端から端までを走り回っているといった代物だった。冗談一つも滅多に言わない清一が珍しく呟いたものだ。

「毎晩、まるでネズミの運動会、聞いとるみたいなもんや」と。

昭六が寝ている二階の間の押入れの中で、ネズミの子が生まれたことがある。ネズミ算というくらいだから、一匹や二匹ではない。枕先で騒ぐから生まれたことはすぐに分かる。まだ毛が生える前だから桃色した肌の小さいのがチョロチョロして可愛いものだから、昭六は指先で遊んでやるし、あわよくば食い物くらいは呉れてやってもいいとさえ思った。しかし母親はそれを全部ひっ捕まえて、バケツに放り込んで水で溺《おぼ》れさせるという。

「そんなことしたら可哀想やないか」

と抗議する昭六に、トミは断固として言う。

「これらがみんな大きくなったら、どないするんや。うるさいだけやないで。流行《はや》りの病気のもとになるいうことくらい、おまえも知っとるやろ、何が可哀想や」

こうして哀れな子ネズミたちは処置されてしまった。その上にトミはどこからか野良猫の子を捕まえてきて、親ネズミに対抗して飼うことにした。手のひらに乗っけられるくらいに小さな黒猫だった。それはそれで可愛いものだ。トミは食べ残しの食い物（白いメシとは限らない）に、これも鍋の底の方に残っている味噌汁をぶっかけてエサ代わりに呉れてやっている。トミが寝るときにソイツは勝手に布団の中にもぐり込んできて、「しょうがないなあ、煩わしいで」とかブツブツ文句を言いながらも、懐に入れてやって寝るのだった。かくして黒猫の子は「クロ、クロ」と呼ばれながら一家の一員となった。

ネズミ騒動は解決したが、退治しなければならないのはそれに止まらない。ハエやカはむろん、南京虫、シラミ、ノミも、のさばり放題。夜になるとそれらが一斉に襲いかかってくるのだった。

父親はさっそく通いだしたガス会社の昼間の疲れからグッスリと眠りこんでしまうが、母親は真夜中でも起きだして害虫駆除に精出すことになる。と言えば聞こえはよいが、駆虫剤なんてものは進駐軍が配ったＤＤＴの白い粉末以外にあるわけもなく、擦り切れた畳と畳の隙間に、穴をあけた薄い木切れを差し込むだけのことである。それを暗い電灯の下に広げた新聞紙の上でコンコンと叩くと、その穴に潜りこんでいた害虫どもがバッサバッサと落ちてくる。それをまさに言葉通りにシラミつぶしに指先で潰すのだが、ノミだけはおとなしくしているわけもなく、あっちに逃げた、こっちに飛んだと追いかけ回すのだが、そんな時は二階に一人で寝ている昭六も「動員」されて母親を手伝うのであった。

そんな家ではあったが、海べりの長屋でも楠公さんの裏の家でも必ず最初に設えたものがある。仏様と神様である。ご先祖様を仏壇にお祀りするのは当然として、六畳の居間の天井の角っこにはお稲荷さん、竈の上には火の神様である荒神《こうじん》さん、便所の天井には訳の分からない厠神《かわや》、二階の雨戸の戸袋にはトブクロさんと、とにかく所構わず神様だらけなのだった。

なにしろ昭六でさえ「鰯《いわし》のアタマも信心から」と思い込んでいる日本人である。靖国神社は軍人でなければ死んでも祀られない。だとすれば民間人である一般庶民たるもの、そこらじゅうの神様仏様に祈って護ってもらわないわけにはいかない。一家の主人である父親の毎朝の決まった行事は、仏壇の先祖代々の仏さんに、といっても昭六の曽祖父以前の岩田家のご先祖さんが誰なのか、どんな人たちが居たのかは誰にも分からないのだが、「堪忍《かんにん》してや、今日も白いご飯と違うて、イモメシでなあ」と詫びながら、炊き立てのご飯と御水《おみず》を先ずお供えすることである。それからそれぞれの神様に御水を捧げるのだった。

戦争中でも、引っ越し前の元の海べりの家に近いお稲荷さんとお寺、それに宝塚にある荒神さんにお参りを欠かせたことがないのが、この家の決まった正月行事なのであった。楠公さんにはもちろんお参りしていたし、新しい家に来てからは長田神社参拝が恒例となるのである。

昭六流に文句を言うなら、「これだけ神様仏様を信心しておるのやから、この家を守ってくれても良さそうなもんや、なんで何回も移転させられたり命からがら逃げまわったり、お金に縁がなかったりするんや、貧乏神だけはきっちり居《お》るんやは」ということになる。

それを口にすると、母親のトミは必ず叱りつけて諭したものだ。

「大難を小難に遁《のが》れさせてもろたんやし、ちゃんと食べさせてもろとるんや。文句言うたらバチがあたるで」

そんな長屋でも、車も通れないほど狭い路地に緑の植木鉢が並べられている。ほとんどが朝顔である。こんな暮らしなのに、どこから手に入れてくるのか不思議だと昭六は思うのだが、戦前からここに住み暮らしている人たちもいるわけで、そんな人たちが毎朝、親父が神棚に御水をあげているころには、丁寧に植木に水をあげている。

「ホンマに気楽そうに見えるけれど、やっぱり立派なもんやし嬉しいこっちゃ。焼け跡のオアシスみたいなもんやで」

と父親の清一も昭六も感心することしきりである。


岩田の家の暮らしぶりが特別貧しいというわけではない。もちろん向こう三軒両隣さんも同じこと。毎日毎晩、顔つきあわせて朝昼晩のメシの中身からお互いの健康状態やら家庭の内情まで、みな筒抜けである。今晩の味噌汁のミソが足りないと言えばお隣が貸してくれる、お向かいの子供さんがカゼっぴきだと聞けば、なけなしの越中富山の「萬金丹《まんきんたん》」でも持って飛んでいってやるといった具合だ。

右隣に霞末《かすえ》ハナという老婆が一人で暮らしていた。親子三人が新居にたどり着いたとき、真っ先に顔を出し、

「ヒチリの道のり、ほんまにご苦労さんやったなあ」

と声をかけて迎えてくれた。

「ヒチリって何や？」

昭六はちょっと考えた。ああ、「七里」が訛ったんやと思い至る。どこの方言か分からんが、面白い言い方やなあ。そうすると、このオバハン、きっと「質屋」が「ヒチヤ」になり、「お

七夜」が「オヒイヤ」になるんやろ。今度先生に質問したろ、「センセ、ヒツモンがあります」って。

妙に感心しながら、それでも出迎えてくれたことが嬉しくて、母親ともども丁寧にお辞儀を繰り返したが、頭を下げながら笑いを堪えることができなかった。このオバハンにかかったら、「ショウロクちゃん」ではなく、「ヒョウロクちゃん」になってしまうのだろうと。そして事実、オバハンの口真似でもあるまいが、隣近所ではみなヒョウロク呼ばわりになってしまうのである。

ハナさんはそれから毎朝、「お早うさん」と声掛けしてトミの顔を覗きに来る。別段用事があるわけではない。お互いが元気であることを確認し合うだけのことである。彼女には子供がいなかった。連れ合いに先立たれ、独りで戦火を免れて生き残った数少ない長屋の住民であった。だから近隣のことは何でも知っている「物知りバアサン」だ。トミはこの人に随分とモノを教わった。

「そやけど、毎朝早うに戸を開けて勝手に入ってくるんは、かなわんで。こっちはまだ眠てしょうがないのに」

と昭六はぼやく。すると母親は決まってこう言うのだ。

「なに言うとんの。あのお婆ちゃん、お気の毒なお人や。ダンナさんに先立たれ、息子さんは、エエ歳しとるのに兵隊に取られて戦死されたんや。それになあ、このへんのことやったら何でも知ってはるさかい、こっちは大助かりしとるんやで。ありがたい、思わなアカンよ」

反論できない昭六は、まあええか、突っかい棒もしてない無用心な家や。勝手に入ってこられても文句も言えんわなあ。そやけどこのオバハン、どないしてメシ食っとるのかいな。収入ちゅうもんが……ああそうか、お二階貸しとるんか。若い夫婦もんが出入りしているのを見かけたことがあるわ、と勝手に納得している。

そのハナ婆さんが何度もトミに愚痴っぽく訴えていたのは、その若夫婦のことだった。

「なにしとるんか、よう分からんけんど、明るいうちからイチャイチャしてて、キャアキャアよがり声あげたりしとるんやで。ほんまに、かなわんわ」

ひどく無愛想なうえに、昼間は二階でゴロゴロしていて、夕方になると二人そろって出かけるのである。そして夜もふけてから帰ってくるらしい。職業不詳、何をしているのか分からないが、昭六もたまさか表でその目つきの鋭い若い亭主なるものに出会ったりする。そんな時、彼は氷のように底冷たくて動かない瞳でジロッと一瞥《いちべつ》をくれる。その度に昭六の背筋にゾクッとするほどの戦慄が走るのだった。

「アレはヤクザやで。あんまり近づかんほうがええで」

とトミは断言する。「そうかもしれんなあ」と昭六も同感だ。それに、

郵便はがき

料金受取人払郵便

新宿局承認

3971

差出有効期間
2022年7月
31日まで
（切手不要）

1 6 0-8 7 9 1

1 4 1

東京都新宿区新宿1－10－1

(株)文芸社

愛読者カード係 行

ふりがな お名前		明治 大正 昭和 平成 年生 歳	
ふりがな ご住所	□□□-□□□□		性別 男・女
お電話 番 号	（書籍ご注文の際に必要です）	ご職業	
E-mail			
ご購読雑誌（複数可）		ご購読新聞 新聞	

最近読んでおもしろかった本や今後、とりあげてほしいテーマをお教えください。

ご自分の研究成果や経験、お考え等を出版してみたいというお気持ちはありますか。

ある　　ない　　内容・テーマ（　　　　　　　　　　）

現在完成した作品をお持ちですか。

ある　　ない　　ジャンル・原稿量（　　　　　　　　　　）

書　名				
お買上 書　店	都道 府県	市区 郡	書店名	書店
			ご購入日	年　　月　　日

本書をどこでお知りになりましたか?
1.書店店頭　2.知人にすすめられて　3.インターネット(サイト名　　　　　　　　　　　)
4.DMハガキ　5.広告、記事を見て(新聞、雑誌名　　　　　　　　　　　　　　　　　　)

上の質問に関連して、ご購入の決め手となったのは?
1.タイトル　2.著者　3.内容　4.カバーデザイン　5.帯
その他ご自由にお書きください。
(　　　　　　　　　　　　　　　　　　　　　　　　　　　　　　　　　　　　　　)

本書についてのご意見、ご感想をお聞かせください。
①内容について

②カバー、タイトル、帯について

弊社Webサイトからもご意見、ご感想をお寄せいただけます。

ご協力ありがとうございました。
※お寄せいただいたご意見、ご感想は新聞広告等で匿名にて使わせていただくことがあります。
※お客様の個人情報は、小社からの連絡のみに使用します。社外に提供することは一切ありません。
書籍のご注文は、お近くの書店または、ブックサービス(0120-29-9625)、
セブンネットショッピング(http://7net.omni7.jp/)にお申し込み下さい。

「ヨガリゴエなんちゅうもんは分からんが、昼間っからイチャイチャされるんは、ハナ婆さんじゃないけんど、かなわんわ」

と婆さんに同情する。この男、近藤勇一なんて名乗っとるけんど、あれは偽名と違うか。カッコつけて近藤勇みたいなこと言うとるが、なんか秘密めいて後ろ暗い感じがするなァ。

この昭六の直感は正しかったのである。後に彼の運命を左右するほどの事件を、この男は惹起《じゃっき》することになる。しかしそれはずっと後の話。当面は、

「まあ、お互さまや。詮索することもあるまい」

と、昭六は勝手に解釈し独りで合点している。

それにしても、ハナ婆さんとこと違うて左隣は子沢山で、賑やかなのはええけど、ちょっと五月蠅《うるさ》いで。夜は九時まで、勉強もできんほどドタバタしやがって、朝は朝で、お早うさんはええけど、おにいちゃん遊ぼって誘いに来る、ワシをなんやと思うてけつかるんや。

これは口に出さないぼやきだが、悪い気がしているわけではない。なにしろ左隣の山名家は女の子ばかり二人。それもまだみな小学校にも行っていない可愛い盛りである。いつの間にか、この娘らは彼のことを「ヒョウロク兄ちゃん」と呼ぶようになっている。

「ヒョウロクの意味、分かっとるんかいな」

ブツブツ言いながらも昭六は、暮らしが少し安定してきたころにはこの子らを引き連れて、

地蔵祭りの夜店だとか、神戸の港祭りの花電車とかを見物に連れ歩くようになっていた。

この一家が、あの戦火をどこでどうやって潜り抜けてきたのか知るよしもなかったが、昭六一家よりもちょっと早めに、やはり疎開先から引っ越してきたらしい。昭六はそのことだけで山名家の両親に感心しているのだった。あの食糧事情の極端に悪い時期に、ようもようも、この子らを無事に育て上げたものだと。上から順番に「アッコちゃん」と呼ばれている明子、「ミッコちゃん」と呼ばれている光子、「マッちゃん」と呼ばれている正子。三人はみな年子《としご》で、末っ子のマッちゃんに至ってはまだ五歳なのだった。

姉の十四子がずっと歳の離れた姉であったから、女姉妹《きょうだい》というものの味を知らない昭六は可愛くてしかたがない。五月蝿がりながらも、ホイホイと付き合ってやっているのだった。闇市をほっつき歩いてぼんやりと帰ってくる。その物音を聞きつけてさっそく、三人のうちの誰かが飛んでくる。小生意気な口ぶりで、

「ヒョウロク兄ちゃん、お疲れさま。今日も学校でぎょうさん勉強しはったんやろなあ。それとも野球でしたんか」

と言いかけてくる。それを聞くと、まさか学校さぼって闇市ウロウロしてたとも言えず、ガクッとして嬉しいような疲れが倍増するような気分になるのが常だった。

子供は正直やさかいなと、自分がまだ少年であることを棚に上げてガキのせいにするのだ

が、でもやっぱり家に帰ってきて良かったなあ、とも思う。誰も出てこないときは病気でもしとるんと違うかと勘ぐるのであった。

こんな長屋にも世間並みに涼やかな晩夏の風が吹き抜ける。夕刻になると近所のオッサン連中が涼みがてらに路地に縁台を出してきて将棋を指し始める。六軒長屋の一番北側に大家さんの家がある。老夫婦だけの静かな暮らしぶりだが、借家賃の取立てに小まめに動くだけでなく、手間隙惜《てまひま》しまず長屋の衆の面倒をみてくれる。ハナ婆さんが二階を貸しているのも了解済みなのだろう。毎晩の床几《しょうぎ》や将棋盤も大家さんが貸してくれるのだった。

この縁台将棋に真っ先に出てくるのは、山名のおっちゃんだ。彼は相手が誰であろうとかまわないし、相手がいない時は、多分戦前に買い求めていたものだろう、古びた将棋の指南書か雑誌を左手にかざして一人で並べるのだった。感心なことに相手が若くて初心者だと知ると、丁寧に一から教えてやる。暇をもてあましている近所の若者たちは、山名のおっちゃんの恰好のターゲットだ。ブラブラしているのをトッ捕まえては手ほどきしている。若者たちも結構おとなしく教わっている。子供らが周りを飛び跳ねて騒いでも叱りもせず平気である。

疲れて帰宅する清一は、そんな若いもんを見ると顔をしかめて独り言を呟く。

「ええ若いもんが、ブラブラして何しとるんじゃ。ちっとは真面目に仕事でもせいや」と。

それを聞きつけると昭六は訳知り顔で弁護してやる。

「おとうちゃん。そんなこと言うたかて、今のところ仕事もないんやから、しょうがないがな。学校も学校やからなあ。それに映画館かてまだやってないし、やること、あらへんがな。おとなしう将棋指したりトランプしたりしとるうちは、悪いこともせんでよろしいがな。ワイかて、隣のおっちゃんに教えてもろたさかい、今度おとうちゃんとサシでお相手してやるで」

「まあ、そう言われればそうやな」

生意気なガキのくせにとも怒鳴られず、苦笑しながら清一は引き下がらざるをえない。こうして昭六は、大人相手の縁台将棋で将棋を覚え、親孝行代わりに親父の退屈しのぎに時折相手をしてやっていた。

遊び相手の少ない街だった。なにしろ小学校時代の友達は皆無、中学校の同級生も近くに居るわけもない。下校してからは宿題を終えればすることがない。そこで見つけたのが、焼け跡に忽然と現れたバラック建ての貸し本屋さんである。本を買う金はないが、そもそも新しい出版物そのものがまだ珍しい時期である。どこから寄せ集めてきたのか分からないが、手垢で汚れたような古本がゴタゴタと雑多に並べられている。

本を読むのは好きだった。高槻の姉の嫁ぎ先は地元の旧家だった。しっかりとした漆喰造りの土蔵が庭先に建っていて、その黴《かび》臭くて薄暗い部屋の壁際の棚に本や雑誌が無造作に置かれていた。少年向けの雑誌や本は少なく、「講談倶楽部」とかの大人向け雑誌類、高垣眸、南洋一郎らの冒険小説、幸田露伴や坪内逍遥から大佛《おさらぎ》次郎や吉川英治らの文芸物……なんでもありの「百貨店並みやで」と昭六。

幼年期から小学生時代に至るまで、正月三日は必ず親父に連れられて、高槻を訪れるのが年中行事の一つだった。大人らは座敷でお屠蘇《とそ》を飲んでいる、そんな間に土蔵に入りこんで手当たり次第に読みまくる。訳も分からない小説ではあったが、そうやって誰にも邪魔されずに熱中できるのと、「カシワ」と俗称されている鶏肉のお雑煮を食べさせてくれるのが、この姉の嫁ぎ先に来る最大の喜びだった。大晦日に餅つきとニワトリ一羽をシメてカシワにするのが、この家の恒例だった。中学生になってからは、交通の便も悪くなったし、それに姉の嫁姑関係の嘆き節も理解できるようになったから、大きな顔をして父親も昭六も行けなくなってしまったのだが……。

戦争中の二年間ほどは途切れていたが、毎年の正月元旦は姉夫婦、茂一夫婦、それに毎年ではないが清夫婦も、初詣がてらにお祝いを言いに来る。そして必ず昭六にはお年玉。

敗戦の翌年のお正月には、嬉しいことに三組がみな来てお年玉をくれたし、それにハナ婆さんからも頂戴した。その一円札を握り締めて貸し本屋に走り込む。一冊の本を抱えて帰るなり、二階に寝転がって読み飛ばす。次の日の午前中にまた一冊。そして午後にはまた一冊。とうとう本屋のおばはん、感心するやら気の毒がるやらで、「もうええわ。もう一冊もって行き」と、タダで余分に一冊持たせてくれた。昭六の濫読グセはこうして形成されていったものである。

濫読と言えば、もう一つの「クセ」が身についていた。「乱聴」なんて言葉があるかいなあと自嘲めいた口ぶりで造語している。茂一の家で無差別に何でも聴きまくるレコードのことである。

茂一夫婦の家は、湊川公園から神陽電鉄の線路沿いに坂を登って徒歩三十分といったところにある。そのずっと先が鵯越である。家といっても、二階の八畳と六畳に台所付きの貸間であるが、二人っきりの暮らしには広過ぎるくらいだ。坂上のこの辺りの家並みは戦災を免れていたから、茂一が自慢の大型の電気蓄音機（電蓄と呼ばれていた）と手当たり次第に買い集めていた「ドーナツ盤」レコードは無事だった。その電蓄は貧しげな暮らしに不似合いなほど、たまに覗きに来た伯父の清一流に言えば「デッカイ図体で八畳の間にデンと居座っておる」のであった。「ワシの趣味はこれだけや」と茂一。浪花節、講談、落語、流行り歌など、戦前からのものが、これも不釣合いなほどに綺麗に整理されて手作りの棚に並べられている。「あれは綺麗好きのトッシャン（敏子）の仕業やで」と、これも清一のご託宣だ。

母親のトミは顔をしかめてコゴトを言うが、昭六は闇市をぶらつくついでに時折その家に立ち寄るのだった。小綺麗で背筋がシャンとしていて、話す言葉もキツイ敏子が苦手なので、なるべくなら茂一が在宅しているのを見計らって行くのだが、気が向いた時にぶらりと行くから、いつも居るわけではない。そんな時は、しょうがない、お愛想の一つも口にして、そそくさと電蓄の前に座りこむ。勝手知ったふうにレコードをかける。「電気代もタダと違うんやで」と後ろで小言をいう敏子の声も聞こえない振りをする。

広沢虎造の浪花節「清水の次郎長 石松の金比羅山代参のくだり」にある〈飲みねえ食いねえ〉とか〈一番は大政、二番は小政〉とかの場面、三門博《みかどひろし》の「唄入り観音経」の〈妻は夫を労わりつ、夫は妻を慕いつつ〉とかのくだりくらいはソラで唸れるし、自分勝手に振り付けまでして立ち回りやシナを作ったりして喜んでいたものである。「ほんまにけったいな子や。やっぱりヒョウロクやで」というトッシャンの嘲笑を背にしながら。

しかし昭六には不思議に思えたのだが、これだけ古いレコード盤があるのに軍歌だけがなかった。もはや歌う気にもなれなかったとはいえ、あれだけ夢寐《むび》にも忘れたことのない軍国主義全盛の時代の軍歌がないのには寂しさを覚えた。しかし、軍歌の代わりに巷に流れている「二人は若い」なんて、戦時下ではうっかり鼻歌交じりに歌おうものなら、すぐに国防婦人会とやらの怖いおばちゃんらからトッチメられるような古い歌や、戦後の誰が作ったものかも分からない「異国の丘」なんてものがちゃんとある。

茂一にいさん、何、考えとるんやと思いながら、〈あなた、なあんだい、あとは言えない、二人は若い……〉なんて意味不明の文句だが調子のいいメロディーを口ずさむし、「今日も暮れゆく異国の丘に……」という歌詞には強く惹かれるものがあった。それがシベリア送りになった人々の嘆き悲しみとは露知らず、戦地の兵隊さんはご苦労したんやなあとつくづく感じ入ったものである。

本もレコードも堪能しているが、満足できないのは腹の方である。なにしろ食い物の不足している時代である。白い米のご飯、「銀シャリ」なんて滅多にお目にかかれない。麦飯なんてまだ上等、そこにイモ、雑穀類、それにノリなんて上品な代物ではないジャリジャリと砂交じりの海草なんかをぶち込んだ雑炊が主な食い物である。珍しかったのは、安物の油で揚げたお蚕さんの抜け殻だ。

「親父は珍味じゃとか言って酒の肴にして喜んで食っとるが、あれは負け惜しみや。あんなもん、なにが美味しいんじゃや。ワシは知っとるで、あれは明石にある養蚕試験所あたりで見たことある、糸を取った後の蛹《さなぎ》の殻や。なんぼでもあるわいな。情けないこっちゃ、あんなモン食わされるなんて……」

そんなふうに嘆いていている鼻先に、強烈に匂ってくるものがあった。

「かなわんなあ、あの匂い！」

裏の路地を挟んで趙《チョウ》安福さんの家があった。それは長屋からいえば裏だが、表通りに面した一軒家である。その並びには趙さんの親戚筋だという呉《ゴ》建業さんの散髪屋があった。みな「ナンキンさん」と通称される華僑の子孫で、戦時中は「敵性シナ人」だと疑われて酷い目に遭《あ》ったらしいが、日本姓に改姓し大日本帝国に忠誠を誓ってなんとか難を逃れたという。

「なんでナンキンさんって言うのやろ？」

こちらに移ってきてから昭六が常々思っていたことである。言葉としては、「南京豆」「南京錠」「南京虫」、それに神戸には「南京マチ」もあって、みな「ナンキン」がついているこ とくらいは昭六も知っていた。

「多分、みんなシナから来たからやろ」

この程度のことは分かるが、つい先日まで日本の支配下にあった大陸、それも「南京陥落！南京陥落！」とか、日露戦争の戦勝でやはり提灯行列をやって「ニッポン勝った、ニッポン勝った、ロシア負けた！」と叫んでいたらしいのと同じように、「ニッポン勝った、ニッポン勝った、シナ負けた！」とかと大騒ぎして提灯行列までやったあのナンキンであるはずなのに、なんで身近なところで「ナンキン」がギョウサン使われるのやろか。弱い国、劣等民族と教え込まれていた国のことやのに……。これが昭六の疑念の元だった。

それはそれとして「チョウセンさん」と同様にナンキンさんも苦労したんやと清一は言う。戦争が終わった途端に元の姓名を名乗り、どこから入手するのか昭六たちには分かるはずもない食用油、豚肉、ニンニクなどを常食に使っていたのである。呉さんに至っては、戦後間もないころにさっそく、元々の家業に戻ったということであろう。

それを恨んだり怒ったりしたわけでもないが、とにかく食べるものもろくろくない時期、空きっ腹をかかえて帰宅してきた昭六の鼻腔を痛撃してくるのが、このニンニクの油炒めの匂いだった。

「戦勝国民になったわけやから、しょうがないわい」

清一は決まってそう言う。息子の方はそれだけでは納得できない。同じ町内で同じように食い物のことでバタバタしているはずやのに、

「なんでワシらと違うて、あいつらだけ美味いもん食えるんや」であった。

そういう日本人の恨み節を聞き知ったからというわけでもないだろうが、趙さん一家は岩田家に実に親切だった。「おじちゃんの酒の肴にしてえな」と、野菜と豚肉の炒めものとか炒飯とか、カボチャの種やピーナッツとかの酒のおつまみを、裏口から差し入れしてくれるのだった。

そのわけは、はっきりしている。清一が時折、専門である台所のガス工事とか火まわりを

みてやっているからである。

「おじちゃんには、いつもお世話になってます」

と、トミに丁寧にお辞儀してくれる。

「ほんまに行儀のええ、気の利くナンキンさんやで」

と、トミはひどく感激してうやうやしく頂戴する。

親父のご相伴《しょうばん》にあずかるわけだが、それまでにさんざん、「ええ匂い」を嗅がされるのである。それを待ち構えていた昭六がさっそく、

呉さんの散髪屋の並びに、日本人が経営する「湊屋」という酒屋さんがあった。当分は多分チョウセンさんから仕入れたであろうドブロクと安物の焼酎だけが売り物で、日本酒とかビール、ウイスキーなんて気の利いたものはなかった。しかし店先には日に日に品数が増えていく。昭六はそれを覗き見るのが楽しみだった。なんだか街が少しずつ復興して行くのを反映しているように思えるからだった。

表通りはそんなふうに少しずつ賑わいを見せているようだが、裏通りの長屋の暮らし向きは一向に変わらない。そうこうしているうちに、昭六が飛び上がって喜ぶほどのニュースが、ハナ婆さんからもたらされた。

「少年野球たら言うもんが、このあたりにもできるそうやで」と。

この新しい街が一気に輝くように思えた。時代は少年野球の全盛期を迎えつつあったのだ。

町内会主催の「ベースボール大会」が早くも開催されていた。進駐軍のお勧めだということらしいから、野球ではなく「ベースボール」と公然と言えるようになった。

「ベーブ・ひょうろくさまの腕の見せ所じゃ」

と勇躍して、近所の「日通」とかいう会社で野球をしているらしいお兄さんが監督をしている中学生組に参加させてもらった。甲子園も復活するらしい。高校に進学すれば、ひょっとすると憧れの甲子園に出ることができるかもしれない。昭六の胸は躍った。

長田には、鷹取山《たかとりさん》の麓の蓮池小学校の傍に神戸市民球場があった。昭六はそこで初めて硬球の野球を観戦した日の感動を忘れることができない。布製のグローブやミット、棒切れのバット、草切れで囲ったベース……。そんなもので「野球」なるものをやってきた少年たちだ。ユニホーム姿はみな、ジープを駆って来るアメリカ兵らしかったし、必ず日本の女たちも傍らに侍っていたが、球場に限ってはそんなことはどうでもよかった。カーンと音を発して青空に伸びていく白球、それを背走して追っかける背の高い青い目の白人や「黒ん坊（黒人）」らの生き生きと躍動する姿。それは長い間禁欲を強いられてきた少年たちには、眩しすぎる光景だった。

少年野球はもちろん硬球ではなく軟球だった。球場も小学校や新制の中学校の校庭だった。しかし、球を打つ、追いかけることに変わりはない。試合をする前には必ず校庭の石ころ拾いをやる。それも厄介とか面倒くさいとは誰も言わない。みな懸命に目を皿のようにして石ころとかゴミを拾い集めるのだった。

新制中学校ができはじめていたころだ。昭六も明石から転校できるものなら、もちろんそうしたかった。新しい中学校に入れば、真っ先に野球部に入ろうと心に決めていた。しかしもうすでに新制中学では最上級生だ。転校よりも新制の高校進学の方が目の前に迫っている。「たった半年ほどの辛抱じゃ。それに別に転校しなくても、こっちの近所の中学生らと野球はできるわい」であった。

結局、昭六の場合、中学三年生で終わるのだが、では中卒というのか、それとも旧制中学の中途退学というのか、わけの分からないような新旧切り替えの時代だったのである。

それは兎も角として、こうして家の中もやや納まって、人間様が住むのに恰好がつくようになってから、しばらくして昭一が生還してきたのである。

第四章

特攻で死にそこねた兄が帰ってきた

それは引っ越してきてから二ヶ月ほど経ったころのこと。清一は勤めから帰ってくると毎晩、一汗《ひと》流しにと近所の風呂屋に行く。内湯（家の風呂）なんてものが全くない下町のこと、おそらく戦後いち早く復興したものの一つが風呂屋さんだっただろう。食うに事欠いても一《ひと》風呂浴びるのが一日の疲れと苦労を癒すたった一つの貧乏人の楽しみなのだった。風呂屋さんもご苦労なことに、とりあえずはそこらじゅうの焼け残りの木材を拾い集めてきて釜焚きだ。

男女共用の番台で風呂賃を払い、男湯と女湯を隔てるお決まりの富士山と三保の松原のタイル貼りの壁を背に湯船につかる。何の変哲もない場ではあるが、そこは一種の庶民の社交場でもあった。夕方はいつも満員で、お互い今日一日分の挨拶を交わす声が浴場に飛び跳ねている。子供はチョロチョロしたり大泣きするし、「こらあ、お湯がぬるいやないか、ケチケチするな」とか「水が出えへんで、なんとかせえや」とかの怒鳴り声が響き、それに混じって年寄りの遠慮もない下手な浪花節の唸りが聞こえてくる。風呂場は喧騒をきわめながら、その日一日の中締めを告げる。

風呂賃もバカにならないが、風呂と風呂上がりでチョッピリの晩酌するのが親父のたった二つだけの楽しみであった。昭六は「これがオヤジの〈労働の報酬〉ちゅうもんや」と、生意気にも心得顔で風呂屋にお供する。時折、帰りしなに雑貨屋の店先でラムネを買ってくれるのが嬉しくて、せっせと親父の背中を流してやる。うっとりと身をまかせている親父の逞しい背中を手拭いでゴシゴシ洗いながら昭六は信じている。たった一つの親孝行だと。

母親のトミは風呂賃ももったいないというので、狭い裏庭に金盥《かなだらい》を置いて、竈でお湯を沸かして行水ですませている。「ゼイタクなもんや。内湯ができるんやから」と明るく笑いながらである。

その晩も風呂から帰ってきて、一家三人がそろって晩飯を食べ終わったときだった。いきなり表戸が開いて「ただいま！」という大きな声が聞こえてきた。

「ダレやいな？　今ごろタダイマ、なんちゅうて来るヤツは」

ブツブツ言いながら土間との仕切り戸を開けた父親が、絶句したまま呆然と突っ立っている。彼の背越しに暗い土間を覗いた昭六も、「アッ」と言ったきり口を開けっ放しで棒立ちになる。見かねて母親が立ち上がり、「なんやいなアンタら」と叱りつけながら「ドナタさんですかいな」と顔をだす。途端にこれも「アッ」と言ったまま立ちつくす。

次の瞬間、「ショウイチ、ほんまに昭一かいな」と絶叫する母親、その声に我にかえった昭六は、「おにいちゃんや！」と叫びつつ土間に飛び降りて、そこに立っている男に抱きついた。そして叫んだ。

「幽霊と違うで！」

髪もひげも伸び放題で目だけをぎらつかせ、長くて重そうな海軍用のズックの荷袋を担いだその男は、弟を抱きしめながら目だけを両親に向け、また同じ言葉だけを吐いた。

「ただいま、戻りました」

しばらく四人の間に沈黙の刻《とき》が流れた。

「まあ、上がれや」

「早う上がりいいな」

両親がほとんど同時に口を開いた。暗い電灯の光の下に、四人は顔をつき合わせるようにして座った。弟は、まるでまた兄がどこかに行ってしまうのではないかというように、兄にしがみついたなりだった。

「死んだと思っとった」

「あきらめとったやんで」

「どこから来たんや」

両親と昭六はそれだけを口々に言った。

「戸田村に行ったら、春美さんがここを教えてくれたんや」

言い訳がましくそう言って、それからポツリと付け加えた。

「土佐の基地におったんやが、ガソリンが無《の》うなってしもて、出撃できんかったんや」

呆気にとられたような沈黙は、一瞬後にはじけるような爆笑に変わった。三人は気が狂ったように笑い、昭一は俯《うつむ》いたまま苦笑した。

「戦争に負けるわけやな」

父親のその言葉が、その夜のシメの言葉だった。


昭一は帰ってきてからすぐに復学した。と言っても旧制の神戸四中ではなく、その近くの後に商科大学になる商業専門学校だった。歳はとっているが事情が事情ゆえに入学を許されたものである。そこで彼は商法や会計学、簿記などを学ぶことになる。

「敗戦のドサクサ紛れに、入試も何もあったもんやなかったさかい、うまいこと入り込めたんや」

と、後になって昭一が口にしたものである。

「そやけど、それでも一応は学士さま、いうことになるんやろ。結構なこっちゃ」と昭六。彼には専門学校も四年制大学も区別がつかない。何事も新制ということでハチャメチャな混乱期なのであった。

しかしそんな一家を襲った戦後の食糧事情は極端に悪かった。なにしろ米、麦にせよサツマイモにせよ、母親らが近所の人たちと群れをなしてわざわざ西の方の網干《あぼし》とか赤穂《あこう》へ、遠いところでは東の豊橋まで買出しに行かなくてはならないほどだった。ただでさえ少ない本数の列車のキップを手に入れるのも大変なうえに、鈴なりになって乗り込んで命がけで買ってくる食糧なのだ。しかもそれは「闇米禁止令」があるからと、しばしば警官隊の襲撃を受けて没収されてしまう危険もあった。

「なんやねん、そこらじゅうにおる闇屋も取り締まれんくせに、うちらみたいな家族が食べる分だけの米やサツマイモまで没収しくさってからに」

疲れきった顔で空手で帰ってくると、母親は警察への恨み言を吐き出している。

食べ物の不足だけではなかった。竈《へっつい》さんや七輪で煮炊きする薪もなかった。引っ越してきた当座は、そこらじゅうの焼け跡に散らばっている燃やすことのできるものは何でも拾い集めてきたものだ。しかしそれにも限度がある。風呂屋を先頭に生き残った人たちがみな、そうやって競い合うわけだし、焼け跡の整理も進んでいたからだ。そこで明石の奥の元の疎開先―西戸田村に頼み込んで、山の木っ端を拾わせてもらうことになる。中学生の昭六まで「動員」して、男三人が借り物の一台のリヤカーを引っ張り、あの戸田村から神戸に引っ越してきたのと同じ七里の道を徒歩で往復するのだった。母親は家で待機していて、なけなしの金をはたいて精一杯の「ご馳走」を用意して男たちの帰りを待っていた。

食糧、燃料などの調達が難しい上に、物価がドンドン上がっていた。ただでさえ少ない物資を、生き残った人々が必死に奪い合うのである。物資が不足している上に政府もまた経済再建を名目に紙幣を乱発するものだから、インフレにならないわけがない。日々の暮らしは、どん底を這い回るような惨憺《さんたん》たるものだった。

そんな一家の暮らしぶりを見ておれば、昭一にせよ昭六にせよ、とてものことに学業に精出すわけにはいかなかった。当面昭一の毎日は、授業に出るよりもセッセとアルバイトに励むことになる。なんとそのバイト先というのは、つい先だってまで「鬼畜米英」だったアメリカ進駐軍の物資運搬。それも皮肉なことに海軍の艦船からの荷揚げ仕事だった。

どこでどうやってそんな「働き口」を見つけてきたものか。そしてそこにどんな気持ちで働く気になったのか。昭六に分かるわけもなかったが、なにしろ日当が高い。一月まるまる働くとしたら、親父の月給よりも多いくらいになるらしい。ただし、それは港湾の沖仲仕《おきなかし》を日々仕切っている「手配師」によって採用されるかどうかにかかっている。昭一がブツブツ文句を言いながら帰ってくるのはアブレた時である。しかし彼は、多少は英語が出来るということで手配師側からも便利がられて、アブレることは滅多にないようだった。

焼け跡の瓦礫がまだ残っている街中には、「パンパン」と呼ばれる日本人女性がアメリカ兵の腕にぶらさがりながら闊歩したり、ジープで走り回ったりしていた。ジープには必ず通訳と称するいかがわしい日本人の男が同乗しており、「ギブミー・チョコレート」とか、「ギブミー・チューインガム」といった覚えたての片言英語で叫びながら群がり寄る子供らに、車の上からそうした食べ物を得意げに投げ与えるのだった。

その同じ道路を、糞便を一杯汲みこんだ沢山の樽を載せ、一頭の馬に牽《ひ》かせた荷車がのんびりと、そしてタラタラとその汚穢《おわい》を垂らしながら進んでいく。下町に水洗便所なんてものが皆無の時代、近郊のお百姓さんが人糞を肥料代わりに汲み取って行くのだ。女の嬌声と汚穢の臭いに顔をしかめながら、日本の男たちが黙々と仕事場に急ぎ歩いている。

昭六はそんな日常の光景がたまらなくイヤだった。

「武士は食わねど高楊枝ちゅうことを知らんのか。昨日まで敵だった米兵や。あんな腐れ日本人にお情けを貰うて、なにが嬉しいんじゃ」

彼は口に出して毒づく。しかしその彼も、兄の昭一が仕事場で米兵から貰ってくるチョコレートとかパンケーキとかを、喜んで食べるのだった。「こんな美味いもの、今まで食ったことないなあ」と言いながら。こんなモン食いながら、食うものもロクにない日本人と戦っていたのかと、今更ながら「敵」の力を感じざるをえなかった。

「兄貴はええなあ。英語ができるらしいから、米兵に可愛がられて、こんなモン貰うことができるんや」

一方で「頬っぺたが落ちそうな美味いもの」を食って感心しながら、しかし他方では、どうしても納得できないものを感じざるをえない。

〈特攻隊ちゅうのは、あの米兵を必ず殺すことだけが目的だったたのと違うか。そんなヤツの食い物を貰ってきて嬉しそうにしとるその気持ち、ワイには分からん〉というわけだ。

昭一は、もちろん昭六のそんな気持ちが分からないわけではなかった。兄として、彼こそが弟をズブズブの軍国少年に育て上げたのだから。「万乗の君は現人神《あらひとがみ》」「忠君愛国、滅私奉公」とか「撃滅鬼畜米英」なんて言葉の意味が理解できるはずもないころから、兄は弟にこんこんと説き聞かせたものである。

兄は自分に対する弟の不審不満を充分に感じていた。それだからこそ、余計に、生き死にの境目にあって苦悩した軍隊でのこと、特攻隊のことは一切口にできなかった。口にすれば、それは自慢か愚痴か逃げ口上かに過ぎなくなってしまう。米兵を一人も殺したことがなかったことだけが、米軍に食い扶持を助けてもらっている内心の言い訳であった。

その彼にしても、街中を走り回るジープだけでなく、リンカーン・コンチネンタル、フォード、それにリムジンとか呼ばれるアメリカの大型乗用車を見ると、「まるでガソリン撒き散らしてるようや」と感嘆せざるをえない。なにしろガソリンどころか、代用燃料も無くて飛び立てず死に損ねたのだから。

そんなある日の夕刻、「美味いモン」を期待して待っていた昭六を驚かせたのは、兄の興奮した表情と、帰り着くなり珍しくしゃべりまくる話の内容だった。それはなんと、進駐軍専用のPX（Post Exchange）で観させてもらったという映画のことだった。

PXは元町を南側に下った、海岸よりの焼け残ったホテルのロビーを改造して設えられたものだそうな。兄弟は二人ともそのホテルを見知っていた。海を睥睨《へいげい》するように建てられた白亜のゴチック様式のビルディングである。子供心にもそれがいかにも高級で近寄りがたいものであり、貧乏人には縁もゆかりもない遠くの異国の、それこそ「青い目の毛唐《けとう》ども」しか入れないように思えたものである。そして今やまさにそれは、本物の「毛唐」たちによって占拠され使用されているのだった。

「『風と共に去りぬ』ちゅうてな、おまえ、昭和十四年やぞ、十四年！」

昭一はいきなりそう言った。

なんやねん、それ?! そもそも「PX」ちゅうもんが分からん。耳にしたことのある軍隊用語では「酒保」ちゅうもんかいな。要するにアメリカ兵が酒を飲んでダンスしたり騒いだり映画を観たり、それにあのパンパンや胡散臭い日本人やらがゴロゴロしとる所かいな。わけ分からないまま、昭六は勘定している。ワシ、八歳、兄貴は十四歳ってか。それが、どないしたんや。

「天然色やぞ、大然色！　カラーフィルムちゅうてな、お日様も人の肌も、森や樹や山や、牛も馬も、みーんな、そのまんまの色で出て来るんやぞ。そんな映画、観たことあるか？　ないやろが。それにや、欧州で戦争が始まるちゅうに、愛や恋や、平和や金儲けや言うて……それが昭和十四年や。日本と戦争始める前に、もうそんなもんが出来とったんや……」

最後の一節は嘆息交じりだった。白黒の戦争物かチャンバラ物か喜劇しか観たことのない昭六に、カラーフィルムのイメージがピンとくるわけもなく、それにその映画の中身はぜんぜん分からなかった。

「それ、どんな映画なんや？」

「アメリカの南北戦争のころや。アメリカにも内戦があったちゅうことは、学校で習ったやろ。リンカーンちゅうのが奴隷解放とか国の統一とか言うて、その北軍が南軍に勝って、それから強い国になって、日本に押しかけて来よって、挙句の果てに日本と戦うことになるわけや」

「幕末明治維新みたいなもんかいな。天皇陛下が勝って、五箇条のご誓文を作って、日本も強くなって……」

そこまで口にし合って、兄弟は思わず顔を見合わせた。両国ともに強くなったはずが、結果は極端に違ってしまったことに気付いたのだ。その違いは、どこから来たのか。

「そしたら、負けた方は、会津みたいになったんやろか」

「そうやなあ。そうかもしれんが、南北の違いや憎み合いやらを乗り越えて、結束したところに、アメリカの強さの秘密があったんかもなあ」

「そんなら、日本でも西南戦役やったいうても、やっぱり天皇陛下の下で結束したんと違うか」

「そうや、そらそうや」

と答えながら昭一は絶句してしまった。やっぱり違うなあ。政治社会制度とか経済の仕組みとか、文化のあり方とか……。

弟に答えてやるべきことを考えながら、自分でも解っていないことが分かった。アメリカと戦争を始める前に、そんな様々な歴史や仕組みを教わったことがなかったような気がする。新しく入学した専門学校の教授先生からは、付け焼き刃みたいに「アメリカの優越性」について講義されたけれども、その先生だって自信なげな口ぶりだった。「今更そんなこと言われたって遅いわい」と、多少は納得しながらも胸の内では毒づいたものだ。

答える代わりに昭一の脳裡に鮮明に浮かび上がってきたのは、夕日を背にして立つヴィヴィアン・リーとかいう女優さんの後ろ姿の美しさ、そして彼女が土地と命を守ろうと決意する場面だった。

「命と財産の大切さを、身にしみて分かり合うちゅうところかもしれへんなあ……」

本当は「人間の愛情の大切さ」とも言いたかったが、ちょっと場違いで抽象的で、〈コイツには理解できんやろ〉と、咄嗟に思って口には出さなかった。それよりも、自分で言いながら気がついた。あの特攻基地で何を考えながら日々、いや日々どころか時々刻々を過ごしていたのだろうかと。

死ぬことだけを生き甲斐にして生きていたんと違うやろか。命とか愛情とか、そんな上等なこと、考えとったかなあ。死ぬちゅうことは、よう分かる。お国のため、天皇陛下のために死ぬって、みんなそう言うとった。

「死ぬこととみつけたり」

それが「葉隠《はがくれ》」に言う武士道精神やて。生きるとか生きたいちゅうことは、誰も言わなんだ。そんなこと口にしたら「軟弱者め」って、ぶっ飛ばされたもんや。そやけど、やっぱりみんな、どないしたら生きて行けるのか、心の中ではそう思っていたんと違うやろか。

そう思い至ると、戦争開始直前に、というよりも欧州大戦は始まっていたのだから、ひょっとしたらそれに参戦するかもしれないと考えていたに違いない、そんな時に、個人の命の大切さを強調する映画を、堂々と上映していたアメリカの凄さをつくづく感得できるようだった。あの物量作戦というのも、一人一人の兵士の命を大事にするためかもしれず、一人一殺、必ず死ぬと分かっている特攻なんて、アイツらには想像もできなかったに違いない。そこが日米の根本的な差ではなかったかと、今なら考えられるなあ……。

弟の昭六に兄のそんな逡巡が分かるはずもなかったし、映画の内容もよく分からないままだが、兄が言いたかったことだけは、なんとなく分かるような気がした。

〈命からがら逃げ回ったワシらやもんなあ。それにガソリン話と同じや、そんなとてつもない映画を作れるような国と戦争をやったんや、相手は余裕たっぷりやったんや、やっぱり負けるわけやと、そこのところを言いたかったんやろ〉

それにしてもや、『暴戻《ぼうれい》なるシナをヨウチョウする』言うてシナ事変に突入し、中国の首都・南京を占領して、『勝った、勝った。シナはもうすぐ降参する』と騒いでいたころに、なんでそないな綺麗な映画ができとったんやろ」

首を傾げざるを得ない昭六だった。

実は昭一は昭六には話さなかったが、その前にもやはり進駐軍のPXでもう一本の映画を観せてもらっていた。「西部戦線異状なし」である。この映画には掛け値なしに大きな衝撃を受けた。それが大き過ぎて、弟に語ることができなかったのだ。

それは原作がドイツ人の小説で、一九三〇年にアメリカで映画化された作品だと解説されていた。ドイツが敗戦に終わった第一次世界大戦の最中に、戦争賛美の教育を受けて出征した若者が、戦争の悲惨な実態を体験して、それを母校の後輩たちに教えようとするが逆に激しい反発を受け、空しく再び戦場に帰っていって一発の銃弾で戦死する。しかしその死は、公式の報告の中では「西部戦線異状なし」とされたに過ぎなかった。

この映画を観た途端、昭一の脳裡をよぎったのは、もし自分が特攻で名誉の戦死を遂げたとしたら、「戦死公報」が親元に送られるにしても、やはり大本営発表では何気ないふうに「戦果」だけが発表され、戦線に異状はない（負けてはいない）とされるのだろうということだった。兵士の百人や千人が戦死しようと、餓死しようと、病死しようと、大本営発表では大きな「戦果」だとされてきたのだから、一人死んだくらいのことは〈異状なし〉になるのは当たり前やなあ。

そう思いながら、他方では心に引っかかるものがあった。一人の戦死なんて〈異状なし〉とされても、その男の死は靖国神社に祀られてカミさんになる。「お国のために戦った、兵隊さんよ、ありがとう」と歌われていたのだから、それは当然だろう。しかし、それなら、この街のこの焼け跡の中で死んで行った仰山《ぎょうさん》な非戦闘員、一般市民も「お国のために戦った」のと違うかいなあと。

ワシの死と、戦場ではなかったにせよ、オヤジや昭六がもし死んでいたら、どれだけの違いがあるのやろと考え込まされてしまう。

違いがあったとすれば、ワシは死ぬことだけが生き甲斐で生きとったが、オヤジらは、生きることだけを生き甲斐にして必死に頑張っとった、ちゅうことやろか。ドイツは国柄が似ているから分からんでもない気がするが、アメリカさんはどうなんやろ。

再び、あの美しくも逞しく生きようとする女優さんの顔と姿が思い浮かんでくる。

何にしてもや、あの「異状なし」という小説も映画もナチスの台頭以前のものではあるが、明らかに「反戦」を主張したものやなかったか。やっぱり気になるのは、こっちの方やで。

戦争中、同盟国だったドイツのナチズムに教育され、「血の純潔」を信じて戦争に邁進する若者たちの姿をニュース映画で見て感動させられ啓発されて、それを神国日本の大和民族による大東亜共栄圏の実現を信じて戦う自分とオーバーラップさせて考えてきたものだ。そのドイツに、例え小説であろうと、またアメリカさんが作ったものであろうと、反戦厭戦の雰囲気があったなんて想像を絶することだった。もし戦争中の日本にそんなものがあったとしたら、即座に弾圧・逮捕・処罰されたに違いないし、ナチズム全盛期だったら、やはりそうだっただろうと想像はつく。

時あたかも、アメリカでは反ソ反共ヒステリーが起ころうとしていた。「赤狩り」である。もう少し後のことではあるが、戦前に日本にも来たことのあるチャップリンとかエリア・カザンなんかも赤狩りで国を追われることになる。「アカの脅威」ということを、戦争を始めるための一つの要因とするなら、アメリカでそれが公然と行われるようになったら、当然日本にも波及するであろう。日本に根強い「アカ嫌い」が払拭されていないのだから。

もちろん昭一たちがそんなことを知る由もなく、PX内部の誰がこんな反戦映画をアメリカ兵や日本人の昭一らに見せることにしたのかも分からない。そんなことはどうでもよい。見せられた日本人の沖仲仕仲間にしたところで、どれだけの者が昭一ほどのショックを受けたかも、彼にとってはどうでもよかった。「西部戦線異状なし」という最後の場面は、彼の心底にまだくすぶっている軍国日本への信頼、信仰を根こそぎ覆してしまったのである。

そのことを、弟にどう説明するのか、モヤモヤしているところに、今度は能天気な「風と共に去りぬ」だ。こっちの方が説明しやすいと昭一は思ったのだ。こんなものが、戦争中に作られ、多分第一線で戦っている将兵たちにも慰問団といっしょに持参され上映されただろう。恐怖に加えて飢え、寒さ、病気……。ありとあらゆる苦難を背負って戦っている日本兵のすぐ前で、アメリカ人たちは笑い転げたり、金儲けとか恋の成否に喜んだり泣いたりしていたのだ。その状況を想像すると、彼我《ひが》の懸絶した戦いぶりが腹を抱えて笑いたくなるほど、哀しかった。その悲哀だけは、銃後で戦火を潜り抜けてきた昭六にも理解できるのではないかと思えたのである。

ワシも、あんな映画作りたい。溜息交じりに吐いた言葉が、長いおしゃべりのシメだった。

日ソ両国間がまだ中立関係であったころ、中学校の高学年ではトルストイの「戦争と平和」とかドストエフスキーの「罪と罰」とかが「浪漫的でありながら人生の深遠さを表象している」などと生意気に息張って議論したものだ。あの映画は「深遠さ」を具現化しているわけでもなかったが、なんとはなしに「戦争と平和」や「罪と罰」という言葉が頭に浮かんできて、路頭に迷っているような状況の下にある昭一の心に染み込んでくるものがあった。

「しかしや……」と疑念も湧いてくる。

今なら「戦争と平和」ちゅうのは良《よ》う分かるが、「罪と罰」ちゅうのは何やねん。こんな辛い暮らしをしとっても、とにもかくにも命だけは無事でおれるちゅうのが、戦争がない平和のありがたさや。そやけど、ナニが「罪」やったのか、ダレが罪を犯したのか。戦争を起こしたのが罪だとすれば、それを起こしたモンが「罰」を受けるわけやろ。少なくとも自分は、はっきりとアメリカ人を殺すと決意しとったんやから、それを罪と言うなら、罰を受けるのは当然かもしれん。そやけど、なんで、おとうちゃん、おかあちゃん、昭六らがこんな怖い目に遭《お》うたり辛い目をみたりする「罰」を受けんとアカンのやろ。

と思いつつ、頭の中は堂々巡りしている。しかしそれをもっと深刻に考え込むほどには、昭一の頭と当面の暮らしは上等ではなかった。

まあ、ええか。要するに、平和を壊して戦争やって、仰山の人を死なせたことが「罪」で、それでこんな苦しい目に遭っとるちゅうのが「罰」やと思っとれば、ええのとちゃうか。チラッと頭によぎったことを今、弟に話しても、どうせチンプンカンプンやろ。ほんの一瞬だけ楽しませてもらい考えさせられたわけやが、いずれにせよさしあたっては、食い扶持探しに精出さないとアカンのやから、話だけはしてやった、後は昭六も自分で考えるやろ。昭一のその日の結論はそのことだった。

彼にはとりあえず、その弟や両親のために黙々と米軍の下で働くことだけが生きる術だと心得る日々だった。それからたった半年で専門学校を卒業して（彼流に言えば「歳食っとるから半分強制的に追い出されたんや」であったが）、ある製鉄会社に就職し、その寮住まいをするということで家を出て行った。あんな良え《え》映画を作りたいという夢を持ちながら。

他方、昭六は神戸二中に復学することができず、そのまま新制の最上級生として明石の中学に通うことになってしまったのだが、毎日もたせてくれる弁当も母親の苦労を思えば気が重く、通学の省線電車の電車賃を出してもらうのも辛い。なにしろ敗戦時に米十キロが四円ほどだったのがドンドン値上がりしている。敗戦の翌年には、なんと二十円になってしまうのである。戦後のインフレは仕方がなかったにしても、一家の家計に酷い打撃を与えたのは、紙幣の増発による通貨インフレにともなって断行された新円切り替えだった。

清一の給料は確かに上がった。小学校の教員の初任給が三百円から五百円だといわれているときに、肉体労働者の彼の給料は四百円になった。上がった、上がったとトミも喜んで、給料袋を神棚にうやうやしく奉じて拍手を打ったが、なんのことはない、物価ははるかに上がったし貨幣価値は下がってしまった。今まで十円札なんて滅多にお目にかかれなかったのに、十円札どころか百円札が飛び交うようになったのである。その十円札の表面には「米字型」模様の中に国会議事堂が浮かび上がっている。子供らはみな、これはアメリカさんの命令で、お札に「米国」の米の字を描かされたんやと無責任な噂を本気で言い合ったものである。それは半分冗談みたいなものだが、冗談ですまないのは米の値上がりである。

人々はこっそりと、大正時代の鈴木商店焼き討ちみたいな米騒動が起こるに違いないと噂し合っていた。実際、この新円発行と同じ年の五月のメーデーは「食糧メーデー」と言われるほど一般民衆の怒りが盛り上がった。そしてこのメーデーのプラカードに、「チンは思わず屁をこいた」とは似て非なるものではあったが、不敬罪で逮捕者が出るほど激しい文言が書かれていたことが、神戸にも噂として伝わってきていた。

「国体は護持されたぞ、朕はタラフク食ってるぞ、汝人民飢えて死ね」というのである。

これにには昭一も昭六もケシカランと怒る前に、笑ってしまったものである。天皇さんも地に落ちたもんやなあと。ここでも敗戦の惨めさを慨嘆せざるをえない現実があった。

米代の値上がりとも重なって、その四百円の給料袋を前にして、さすがに我慢強い清一も泣いた。

「情けないなあ。何十年も働いて、やっとこんだけ給料が上がったちゅうても、大学出のボンボンの初任給と同じやて。それにこんだけになったちゅうても、このご時勢や、屁の突っ張りくらいにしかならんとはなあ」

その嘆き節を耳にして、昭六は慰めるつもりで口を出してやった。

「屁の突っ張りにもならへんよりかはマシやろ」

トミは泣き笑いしながら、

「このヒョウロク、なに言うんや、おとうちゃんを茶化したりして」

と昭六の頭をはたいたものだ。さらに次の年以降は物価が倍の倍になっていくのであるが、当面は、晩酌のお酒も「チョウセンさん」が作ってこっそりと売ってくれる密造ドブロク一本に絞らざるをえなくなってしまった。

後年、昭六は神棚を掃除させられたときに、そこにポツンと忘れられたように十円札が置かれているのを発見したことがある。貧乏人にとっては貴重であったはずの十円である。それがいとも無造作に忘れられ放りっぱなしにされていたことに衝撃を受けた。親父のあの時の嘆きと憤りが胸に迫って泣けたものである。

そんなわけだから、昭六としてはお金のかかることは一切口に出してねだることができない。第一、学校そのものが面白くないから、「行ってきます」と家を出てからも足は学校に向かわず、市民球場に行ってぼんやりとアメリカ兵たちの野球の練習を眺めるとか、同じように学校をサボっている仲間を誘って近所の広場でキャッチボールやバッティングの練習をしたりして一日を過ごす。

そんな昭六に一つの喜びが増えていた。兄が就職して移り住んでいる社員寮が甲子園口にあったのだ。そこに泊まりこんで復活したばかりの「職業（プロ）野球」の練習風景を覗き見たり、たまにそこで行われる高校生の試合も見ることができた。自分たちとは格段にレベルの違うそんな選手たちの姿を見るにつけ、やっぱり高校に行きたかったなあと後悔の念が湧かないでもなかった。

しかし毎日甲子園に行けるわけもなく、野球をしない日は復興の兆しが見えはじめている焼け跡の闇市をうろつきまわることになる。

第五章

板前修業に精出そうとしたけれど

実はそんな闇市の一つ、新開地の焼け跡に、従兄の岩田茂一がリヤカーで引っ張るだけの小さな屋台を出していたのである。

茂一は福原の高級料理屋「浜正」に勤める板前である。ところがその料理屋も焼け出されて目下再建中だったし、仮に店が出来上がったとしても、当面はそんな料理屋に足を運ぶ上等の客がいるわけもない。店の主人・浜田正之助は板前を手放すわけにもいかず、さりとて無駄飯を食わせておくわけにもいかないというわけで、さしあたっては小金をだして屋台を持たせ、自分の食い扶持だけでも稼がせようとしたのだった。

その屋台の店というのは、七輪の上に鉄板を乗せて大福餅を焼くだけの代物だった。大福餅といえば聞こえはいいが、実際は浜田がどこからともなく仕入れてくるカチカチの古いアンコロ餅を焼きなおすだけのことである。だが米の餅であるうえに、甘みといえばサッカリンかズルチンといった化学調味料だけだったころのこと、砂糖の甘味に飢えている人々には結構人気があった。出勤途中の会社勤めの男女とか近場の沖仲仕連中が買ってくれる。彼らは熱々の焼餅を新聞紙の切れっぱしに包んで歩きながら食ったり、昼飯代わりにでもするのか、大事そうにポケットに入れて持っていくのだった。

夫婦二人だけで子供のいない茂一は、昭六を可愛がってきた。何かと言っては長屋の家にやってきて小遣いをくれたり、お菓子を持ってきてくれたりしていた。屋台にしてもそうだった。昭六が来《く》れば「ほらよっ」と売れ残りの餅を手渡してくれる。大人になりかけてはいても、そこはまだ少年のことだ。昭六は屋台の車輪の陰に座りこんでむさぼり食う。彼がこの闇市をふらつく最大の目的であり喜びでもあったのだ。

時々、茂一の女房の敏子も、屋台に顔を出して手伝っていることがあった。目も鼻も細く口も小さな狐顔ではあるが、背筋がピッと伸びていて着物の着付けが板についた粋な立ち姿だった。それがエプロンがけで鉄板の前に立って愛想を振りまくのだから、目立たないわけがない。彼女が店番の時は大福の売れ行きも伸びると、これは惚れて一緒になった茂一のノロケ話だ。それもそのはず、彼女は売れっ子とは言えないまでも、もとは福原の芸者だったそうな。それに板前だった茂一が惚れて年季明けを待って結婚したのだと、昭六は母親のトミから聞いている。

トミがそんな話をするときは、決まって渋い顔つきで口を歪めて、こう言うのだった。

「あの嫁も、ハデシャやから」

このころには、多少はハデシャの意味も母親の気持ちも理解できるようになっている昭六だった。

甥っ子とはいえ自分とは血の繋がりがないにもかかわらず、可愛がって面倒をみてきた茂一が、選りにも選って「ハデシャ」の芸者あがりと一緒になったということに、トミが反感を持っていることは明らかだった。自分の娘と同じ「トシコ」という名前さえ気に入らない。だから二人の間に子供できないことが分かって、茂一が昭六を養子にくれないかと言ったときは、即座に断った。生きるも死ぬも一緒にと決意して手放さなかった子だ。

断ったのは当然としても、その言い分は、

「ハデシャの子になったら、敏子はん、あの子の面倒をちゃんとみれんし、ロクなもんにならへん」であった。

さすがにこれは面と向かって断りの口上にはできず、

「別に、うちは食うに困っているわけでもないし、昭六の気持ちも分からへんし」

ということだったが、それだからといって昭六の気持ちを聞いてくれたわけでもなかったのだった。伯父の清一に似て無口な茂一は、ガッカリした顔も見せず、断られた後も昭六を可愛がってきた。

「おまえ、学校に行かんのか。お父ちゃんお母ちゃんにバレたら、どやされるで」

「そやかて、あんな学校、面白くも何ともないわ。センコウなんか、昨日まで言うとったこととまるで違うこと言うし、百姓のガキらは、米の飯食って威張りやがるし……」

毎度おなじみのやりとりがあって、話はそれっきり。餅を食って満足した昭六はまたブラブラと街中へ出て行く。茂一はその後ろ姿を愛しさと哀れみの眼差しで見送るだけだった。

そんな初冬のある日、昭六の後ろから声をかけてきた者がある。

「おまえ、ヒョウロクやないけ。こんなとこ、うろついてて何しとるんや？」

ギクッとして立ち止まる。「ヒョウロク」なんて呼ぶのは中学校の同級生だけである。〈しもうた。バレてしもうたか〉と、しばらく俯いていてから、ゆっくりと振り返る。同じ背恰好の若いのがハンチングをかぶり、ダブダブの軍服にこれも軍隊用の編み上げ靴を履いた姿でじっと見つめていた。そのきつい目つきが最初に目に入ってきて、こいつヤクザと違うかと思えて一歩身を引いたが、それはやはり明石の学校の同級生、清水慎一だった。

「無精ひげ生やして、おまえこそ何しとるんや。しばらく見んかったら、こんなところでウロウロしとったんか」

半分警戒し半分は安心もして、昭六は聞き返した。清水はニヤリと中学生とは思えぬ不敵な笑みを浮かべて一歩近づく。

「まあ、おまえと同じやな。学校へ行っても、何もおもろいことないし、何の得にもならんしな」

それから急に親しげな笑顔になって大人っぽく言った。

「ここで会《お》うたのも何かの縁や。ちょっとそこらで一杯やろうやないか」

「一杯やるって、酒のことかいな」

「きまっとるやないか。ダレがおまえなんかと、お茶しよう言うねん」

小馬鹿にされたように感じてムッとしたが、途端に懐にカネがないことが気になった。すぐに分かったのだろう、清水は胸ポケットを叩いて、

「カネのことやったら心配するな。ワイがもったるさかい」

と聞かれもしないのに言い、くるりと踵をかえしてサッサと歩きはじめた。どうせ用もないのだろうから、ついて来ないわけがないと決めてかかった仕草だった。

酒を飲んだことがないとは言えない昭六だった。親父が晩酌に飲むドブロクを、時々盗み飲みしているのである。「中学も高学年になれば、昔なら元服して一人前じゃ」と自分に言い訳しながら。しかし美味いと思ったことはなかった。大人って、なんでこんな不味いものを嬉しそうに飲むのかという感じさえしていたのだ。

しかしここは、そんなことを言えない。「おまえ、まだガキかいな」と余計に小馬鹿にされるだけだと覚悟をきめ、馴れきったふうに胸を張って後を追った。

「ワイはなあ、今、クミに入っとるんよ。一番下っ端やけんど、兄貴らの言うことヘエヘエ言うて小回りように立ち働いたら、結構可愛いがってくれて、小遣いにも不自由せんのよ」

茂一の屋台から程遠からぬ街角の、バラック建てのしょぼたれた小店であった。清水は縄暖簾を跳ね上げて、慣れた足取りで三和土《たたき》の土間の一番奥まったテーブルに座りこんだ。テ

ーブルが四つに、五～六人も入れば一杯になるようなカウンター席のある狭い店中は、昼間だというのに満席だった。

安物の酒の臭いがたちこめている。一番安いのは、目がつぶれるとか命の保障もできないといわれるメチルアルコール。ちょっと上がって密造のドブロク。水で薄めたような清酒が上物とされるような店だ。四人がけの椅子席に仕事にあぶれた風体の男が二人、先客としていたのに挨拶もせず、その前にドカリと座りこんで、清水はいきなり怒鳴ったものだ。

「ネエチャン、いつものヤツ、二本もってきて」

これも慣れきったふうに注文した。

「クミって、何やねん。ヤクザとちがうんか」と昭六。

「おまえ、クミも知らんのか。神戸にいて、港を仕切っとるクミ言うたら一つしかあらへんがな。この辺りの店の仕切りが主なもんやが、沖仲仕いうのか港湾労働者いうのか、どっちでもええけど、神戸港の荷揚げな、沖の本船からハシケで岸壁まで運んできて、荷揚げするやろ。その働き手を差配するのがうちのクミや。おまえはヤクザや言うけど、よう言われとる暴力団みたいなのと違うで。そらおまえ、兵隊くずれや特攻隊くずれみたいな命知らずが、・・・なんぼでもおるわ。どうせ一度は棄てた命や、いつでも鉄砲玉になったる言うてな。そやけど近ごろは、警察はアカンけどアメリカ軍の憲兵な、MP言うんやけど、あいつら文句なしに鉄砲撃ってくるで。それにや、今時切った張ったは流行《はや》らん。頭や、頭で勝負せなあかん。なんぼでも儲け口があるんや。陸の運搬業とか倉庫やビルの管理とかな。まあ、難しいに言うたら多角的経営やな」

熱をこめて一気にしゃべって、清水は自慢げに鼻をひくつかせる。クミがヤクザや暴力団と違うという話には納得いかないが、昭六はそれよりも気になることがあった。前の席の客たちが聞き耳を立てているのに気遣いながら、小さな声で問う。

「アメリカ軍の荷揚げもか？」

清水の方はそんな気遣いもなく大声で答える。

「そらそうや。ワシらがやらんで誰がやるんや。アメ公は気前がええで。日本の船会社なんか青息吐息やけど、あちらさんはカネ払いがええさかい、クミも仲良うしとかなアカンねん。これはうちの若頭な、佐々木良司さんいうて、やっぱり特攻崩れやが頭の切れるお人や。それがいっつも言うとることやけどな」

そこで清水は猪口《ちょこ》をグイっと上げて飲み干して、それを昭六に差し出しながら、ふと思い出したふうに言った。

「そうそう、そう言えば、おまえ、確か最初は二中やったな。今言うた若頭な、あのお人も二中らしいで。頭が良かったんやろな。それになあ、二十歳も半ば過ぎてからやけど、特攻隊にも行ったそうやで」

二中合格を誇りにしてきただけに、昭六は褒められたような気がしたが、たかがヤクザの若頭が何が偉いんじゃ、と反発する気分が胸にうごめく。特攻に行ったという言葉も頭の隅に引っかかった。

清水の話がフッと途切れた時、店の中が妙に静まりかえって緊張感が漂うようだった。杯からふと顔を上げた清水が、いきなり椅子を蹴飛ばさんばかりの勢いで立ち上がり、

「ワカっ、お見回り、ご苦労さんでございます！」

と直立不動で最敬礼したものだ。

客たちが静まりかえったのは、入り口に立った男が只者ではないと感じたからだが、清水の大声で、その正体が分かったから一層身を縮め込ませるように、みな俯いてしまった。空になった徳利やら銚子やらを指先でいじっている。

「おやっさん、元気で稼いどるか。いつも繁盛で結構やな」

ドスのきいた声だが意外に優しげな物言いが聞こえてきた。昭六は振り返って戸口を見る。逆光で表情は見えなかったが、中肉中背の、まだ若いらしいが恰幅のよい男を真ん中にして、両脇にそれよりも背の高い二人の男たちが立っていた。逆光だが彼らが丸坊主だということだけが、妙に印象付けられた。声の主は真ん中の男のようだった。

「これはこれはワカ、ご苦労さんでございます」

店の主人らしい中年の目つきの鋭い男が奥の厨房から飛び出してきて、これも最敬礼で迎えている。〈今まで顔も見せなんだくせに〉と昭六は面白くないが、ワカと呼ばれた男になんとなく遠慮してイヤな顔もできない。

「おや、清水やないか。こんなとこで昼間っから、ええご身分やのう」

その男はチラッと清水を見て皮肉っぽく言葉をかけたが、すぐに店内を見回し、

「みなさん、気になさらんで、あんじょう飲んでくだされや。この店は酒も肴も美味しいよってな」

と、客たちに愛想をふりまく。客たちはその言葉の裏の皮肉に気付いて苦笑しながら、一気に気分をほぐれさせたようでもある。

彼と彼の護衛らしい二人の男たちは、それだけでさっさと出て行ってしまった。店主はヘコヘコしながら戸口の外まで見送りに行った。

「ワカ、ワシのこと、覚えてくれとったんや」

清水は感動に身を震わせながら呟いた。昭六は、二中出身の特攻崩れという清水の言葉が頭から離れなかった。

それから数日後、昭六はいつものように茂一の屋台の裾に座りこんで焼餅をほおばっていた。茂一は餅をひっくり返すのに夢中で昭六を見向きもしなかった。突然、昭六の前に人影がさして、それが声をかけてきた。

「茂さん、相変わらず繁盛やな」

昭六はその声に聞き覚えがあると感じた。やはり、佐々木良司とかいうクミの若頭だった。下から見上げる恰好だが、彼の顔をまともに眺めるのは初めてだった。今時この辺りでは珍しいパーマの頭、濃い眉毛とその下に光る鋭い目、意志の強そうな張った顎……。一度見たら忘れようもない顔付きだが、言葉は相変わらず優しげであった。

「御蔭さんで。あんたとこも、忙しそうで結構や。あんまり悪い噂も聞こえてこんし」

目も上げず無愛想に応える茂一に、この男がクミのワカだと知っているのかしらと、昭六はハラハラしながら二人を見比べている。案の定、お付きのツルツル頭の二人が詰め寄る気配がした。驚いたことに、その後ろに清水がいて、「忠誠を示すは今ぞ」と言わんばかりに前に出ようとしていた。佐々木は苦笑いを浮かべながら彼らを手で制し、

「相変わらず口が悪いのォ」

とだけ言って、客用の粗末な木の椅子にドッカリと座りこんだ。

「おや、この子は。先だっての……」

飲み屋で、と言いかけて傍らの清水を振り返り、彼が頷くのを確かめてから、

「茂さんの知り合いだったんかいな」と問うた。

「ヘエ、歳若いけんど、ワシの従弟ですねん」

「ああ、あの親父さんのお子やな。昔世話になった。清水が言うとったが、二中に入っとったそうやな」

と、これは昭六を向いて聞いたものだ。

「はあ、そうですが、すぐに転校して、清水君と同じ明石の中学校に行きました」

さすがに友達言葉は使えず、立ち上がりながら姿勢を正して応える。

「茂さんから聞いたんやが、お兄さんも特攻に行くはずだったそうやな」

「はい、血書が来て、戦死したとばっかり思っていました」

「良かったな。ほんまに良かった。生きとって、なんぼのもんや」

「佐々木さんも、特攻崩れやと清水君が言ってましたが、ほんまですか?」

「おや、ワシの名前、知っとってくれたんか。おおきに。そうや、ワシも特攻隊に志願したけんど、死に切れなかったんや」

この時だけ一瞬、遠い眼差しで佐々木は呟くように言った。昭六は悪いことを聞いてしまったと思った。

「そらそうと、あんた、今何しとるの？」

「別に、何《なん》にも……」

「学校、面白くないんか」

「はい、友達もあんまり居ませんし……」

「高校には行かんのか？」

「はあ、あんまり行く気、ありませんねん。旧制中学から新制高校に変わったいうても、学校自体や先生は何にも変わりませんし。変わったんは、教科書だけやそうですわ」

「ははは、変わったんは学制と教科書だけか」

乾いた笑いを洩らしてから、真面目な顔に戻って、

「何やったら、ワシのとこに来《こ》んか」と言った。

「そら、あきまへん、そんなことになったら、ワシ、親父さんに顔向けできまへん。それに、この子には料理を教えて板前にしたいと思っていますし……」

茂一が慌てて横から口出しした。

「そうか、そらあ悪かったな。茂さんが後見するんやったら間違いないわ。ボン、今言うたこと、忘れたってや」

佐々木はあっさりとそう言って立ち上がりかけたが、ちょっと振り向いて「茂さん」と改

まった口調で呼びかけた。

「アンタ、ちょっとワシらのこと誤解しとるようやで。そらあワシら、ヤクザや言われとるけどな、今のこの世の中や、多少は人助けもしとるんよ。見てみい。この清水も、明石が焼けた際に両親も家もみーんな失うてしもて、どうしようもなくてフラフラしとった。他の二人の若いモンも、似たり寄ったりや。誰も助けてくれへん。警察は引っぱって叩くだけ叩いたら、そのままほっぽり出すだけや。後は盗人になるか飢え死にするだけやろ。ワシはそんな若いもん、黙って見ておれんのや。クミ作って、こいつら食わせる。あんたに諭された〝正道〟ちゅうもんに歩かせる。それが今のワシや。決してアンタに助けられた恩を仇で返すようなことは、しておらんのよ」

多分、彼がそんなに語るのを目にしたことはなかったのだろう。お供の二人とも、唖然といった感じで口を開けたまま聞き入っている。昭六も驚いて聞いていたが、この清水が明石の焼け出されとは知らなかった。いつもニヤニヤ、人を小馬鹿にしたような笑いを浮かべて、おちょくってばかりいるこいつが、やっぱり命からがら逃げ回って、それでワシ以上に悲惨な目に遭ったのか……。自分一人が犠牲者みたいに深刻ぶって悪ぶっているのが、恥ずかしく感じられるのだった。

「やあ、茂さんに余計な長口上してしもうた。堪忍《かんにん》でっせ」

と話を締めくくり、さっぱりした顔で背筋を伸ばし、佐々木はお供の若い衆を促してさっさと人混みに入って行った。清水は残念そうに昭六を振り返りながら後を追った。彼としては昭六の思惑や感傷なんかとは関係なく、コイツがクミに入ってくれれば、仲間が増えるしクミ員を増やしたという勲章も付くはずだったと思ったのだろう。

〈嵐が去ったようだな。それにしても、何でワシにあんなこと言うんやろ。それに茂一兄さんも、今までそんなこと言うたことないのに、急に板前修業やなんて口にして。それに二人はえらい親しげだし、人も恐れるあのワカが、あんなふうな口のききようをしてからに……〉

昭六はなんだか釈然としない気分で茂一を上目で見上げた。茂一は何事もなかったように、せっせと餅をひっくり返している。昭六の疑念は分かっているだろうに、そんなことは一切しゃべりたくないという雰囲気を醸し出している。

〈まあ、ええか。ワカは確か、〝あの親父さん〟て言うた。オヤジとかオヤッサンではなくて、わざわざ〝親父さん〟と言った。その口ぶりには、どこか敬意にも似た丁寧さがあったように感じられる。それがちょっと気になる。茂一兄さんにとって、「あの親父さん」といったら、うちの親父のことやろう。なにか知っとるかもしれん。帰ったら尋ねてみようっと〉

その晩、父親の清一はいつものように近所の「チョウセンさん」が作っているドブロクをチビチビと飲んでいた。

トミに言わせると、最近のチョウセンさんは「戦勝国の国民や言うて、えらい羽振りがええ」そうな。「戦勝国と違う、植民地から解放されたんや」と言いかけて、昭六は思った。このおかあちゃんに、そんな理屈っぽいこと言うても、しょうがないなあと。

トミは言いつのる。

「この家の土間かてなあ、近所に出来《でけ》た朴《ボク》さんのゴム会社の製品置きに使わせてくれいうて来とるんよ。それになあ、ほれ、あんたと仲のええ金《キム》さんの家なあ、前と同じように向かえ側の薄汚いままやけんど、あの土間に大きな甕《かめ》を置いてな、ドブロク作ってはるのや。よう売れるらしいで」

幾分羨ましげな口調である。

「アホなこと言わんとけ。あの人ら、戦争中は朝鮮人や言うだけで、えらい苦労しなさったんや。威張るのは当たり前や」

親父が珍しく腹立たしげにトミを諭したものである。

「仲のええ金さん」というのは金次男《つぎお》と言って近所の野球仲間の一人である。日本時代は犬飼次男だったそうな。そう言えば、チョウセンさんには「創氏改名」で「犬」を頭文字にした姓が多いのはなんでやろ？

昭六はずっとそのことが気になってきた。それにもう一つ、気になることがあった。次男は中学校に入学したばかりだというが、歳は昭六と同じらしい。三年遅れということになる。戦争中は小学校にもきちんと行けなかったので、同学年でも二つ三つほど年上の中学生が多かったのである。次男というのは次男《じなん》だからで、彼の兄は長男で一男《かずお》と言ったらしい。次男は愚痴らしいことは言わなかったが、彼の兄は日本軍の一兵士として徴兵され、南方の戦線で戦死したそうな。それを聞いたとき、昭六は兄が無事帰ってきたことを思い浮かべ、間の悪い思いをしたものである。

「なんで朝鮮人が日本軍人として戦死したのやろう？　植民地だったからやろか」

そう不審に感じる程度には、昭六も成長していたのだ。

そんな話を、次男は町内対抗野球試合の帰途、道々ポツポツと話していた。野球を誘いに彼の家の中を覗いた時、薄暗い土間に置かれている幾つかの土甕が目に入った。天井から紐で吊るした赤唐辛子とニンニクがブラブラ揺れていた。そこら辺りに漂っているニンニクとドブロクの匂いが強烈に鼻をついてきたことを昭六はよく覚えている。次男はそんな家の中を覗かれるのを嫌がっていたのだが、子供にその訳が分かるはずもなく、誘いに行って何気なく覗いただけのことだった。しかしその土間の光景と匂いが、親父が言った「戦時中は苦労した」という言葉を思い出させ、その意味が幾らかは理解できるのだった。

そんな訳で、もう少し後の話だが、昭和二十五年の初夏、ラジオでプロ野球の実況放送を聴いていたとき、いきなり臨時放送が入って来て「朝鮮戦争」が勃発したことを知ったとき、咄嗟に金さん一家のことを想起した。彼らは、戦争勃発直前に、フイっと姿を消していたのである。北朝鮮に帰って朝鮮軍に参加したのだろうか、それとも韓国軍に徴兵されて戦線で戦っているのだろうか。

朝鮮戦争特需で日本の経済が潤うようになった。その陰に、次男一家にまたまた苦難が迫っているような気がして、昭六は暗澹《あんたん》とした気分になったものである。


一杯機嫌の父親の顔を窺いながら、昭六は何気ないふうに尋ねた。

「おとうちゃん、佐々木良司いう人、知ってるかいな?」

途端に清一の顔は強張《こわば》った。そんな時は拳固が飛んでくる。思わず昭六は首を縮めた。なんか不味いこと言うたかいなと。拳固の代わりに、激しい言葉が飛んできた。

「おまえ、なんでそんなこと聞くのや? 誰がそいつの名前、教えたんや?」と。

おろおろしながら二人の間に割って入ってトミは言った。

「茂さんに決まっとるやろが」

「茂一が口にするわけないやろ。あいつは、そんなに口の軽いヤツと違う……」

そう断言しながら、やはり清一は分かっていたのだ。そんなことが分かっていて口にするのは茂一しかないことをである。

昭六は慌てて昼間の出来事を告げた。なんで、昼間から、新開地なんかに行ったんやと、叱られるかと思って首を縮めたが、案に相違して清一は仕方がないというふうに、重い口を開いて訥々《とつとつ》と語った。

「あれは佐々木が出征する直前のことやったかいな。海軍さんに召集されるいうてな。多分、予科練に入れられて特攻隊行きやろ。あのころはもう特攻隊もよう知られとったからな。同じ予科練いうても、昭一みたいに自分で志願して嬉しそうに出て行くヤツもおれば、いやいや好きなオナゴと泣き別れするのも居《お》ったんや。なんしろ、あいつは昭一よりも五つも六つも年上や。子供こそおらなんだが、あの浜正の仲居のオナゴはんとできとった。それを知っとったんは、茂一だけやった」

滅多に長話をするような清一ではなかった。己の長話を恥じるように、しばらくは口を閉ざしていた。何かを思い出そうとでもするように遠い目つきで天井を眺め、それからドブロクをクイッと空け、卓袱台《ちゃぶだい》の上にコトンとコップを置いた。その音と昭六のゴクリと唾を飲み込む音だけが流れた。

「ある晩、そうやなあ、あの楠公さんの裏手に引っ越してから間もなくやった。そうそう、それにあの空襲でやられる直前やった。茂一に連れられて、佐々木とその連れの久恵とかいう小綺麗なオナゴはんが、家に逃げ込んできよった。実はな、あの佐々木いう男は浜正やなかったが、それよりも大きな料亭の板前やったんや。気風《きっぷ》のええ、鯔背《いなせ》な、ちゅうんかいな、若い衆《し》でな……」

清一はその若者の姿形を思い浮かべるように、目を細めて天井を見やっていた。それからさも重大な秘密事を話すんだという感じでポツリと呟いた。

「召集から逃げてきたんやて」

とうとうしゃべってしまった安心感か後ろめたさか、そこで一息つきながら、横で清一の地下足袋の繕いをしていたトミに声をかけた。

「おかあちゃん、今晩は、もう一杯もらおうか」

チラッと横目で亭主の顔を見てから、トミは文句も言わずに立ち上がり、台所から一升瓶を抱えてきた。いつもならきっと、「あんた、もう止めとき。明日《あした》があるんやさかい」と一言文句を言うところだ、と昭六は母親の今夜に限っての従順さに苦笑したものだ。さては、おかあちゃんも知っとる話やな。

「茂一はな、おまえももう知っとるやろ。自分の女房が仲居ではないけど、浜正に出入りしとった芸者と惚れおうて一緒になったんやさかい、同じ水商売同士や。分かりも早いし同情もしたんやろな。ワイは、逃げ回るなんちゅうこと出来るわけもないと思うたが、茂一があんまり真剣で必死やったさかい、しょうがない、うちの裏手の空き家に数日は匿《かくま》ってやったが……」

　そしてまるで罪を告白するとでもいうように、昭六に頭を下げて付け加えた。

「おまえには内緒にしとった。あのころのおまえやったら、きっと、非国民やとか売国奴やとか言うて騒ぎ立てたやろからな」

　それから今度は、珍しいことにトミの方に真正面から向きなおって呟いた。

「それにしても、おかあちゃんは偉かったで。女の心意気とでもいうのかな。〝ワテが逃がしたる。しばらく隠れとり〟言うて、隠れ場を探してきたんや」

　もう黙っておれんわとばかりに、トミが話を引き継いだ。

「あの久恵さんたらいうお人なあ、東北の秋田の人やったらしいで。秋田美人いうのかいな。色の白い、ポッチャリした可愛い娘さんでなあ。あんな遠いところから神戸まで流れてきて、苦労しやはったに違いない。ひょっとしたら身売りしたんか、女衒《ぜげん》に騙《だま》されて攫《さら》われて来たんとちゃうか。東北弁が恥ずかしいのか、口数も少のうて……。そやけど、これだけははっきり言うとった。〝やっと手に入れた幸せ、放したくない〟て。そう言うて泣きはった。ほんまに可哀想でな。何とかしてやりたかったんや」

しんみりとした母親の述懐を聞きながら、昭六は思ったものだ。そうだろうな、ワシが知ったら、絶対に二人に食ってかかって、警察や憲兵隊やいうて騒いだやろな。おとうちゃんは、おかあちゃんに押し切られたに相違ない。おかあちゃんのどこに、そんな度胸があったのやろか。それに、あの楠公さんの裏長屋の食糧事情が最悪の時期や。どうやって食いもん調達してやっていたんやろか。

昭六は今更ながらに、母親の根性に敬服する思いだった。しかしあの二中の先輩の佐々木さんが、なんで板前になんかなったんやろか。昭六は初めて知った事実が、頭の中にある佐々木の実像とあまりにもかけ離れているのに困惑していた。

脱走兵は捕まれば即刻処刑される時代である。まだ兵隊になったわけではないけれど、召集令状を受けてからのこと、憲兵と特高警察に追われて逃げ果《おお》せるわけがない。しかしどうせ死ぬんやったら、二人でいっしょに死ぬ、という二人の決意を覆すのは容易ではなかっただろう。その二人を前にして、どちらも口の重い清一と茂一は懸命に説得した。「軍隊に行って、たとえ特攻隊に出されて死ぬかもしれんが、それでも確実に処刑されるよりは、生きる可能性はあるやろ」と。

生き残れるかもしれないという将来への小さな希望が、ほんのちょっと、二人の決意を鈍らせたのかもしれない。それからしばらくして、佐々木は憲兵隊に出頭することに同意した。

茂一が智慧をつけるように助言した。「世話になった親戚のおじさんが今際《いまわ》にひと目会いたい言うてきましたんで、申し訳ないと思いながら遅刻してしまいました。心からお詫びしますよって、勘弁してください」そう言うんやでと。

そんな言い訳が通るわけもない。気休めに過ぎないだろうと誰も感じていたが、出征する若者が払底《ふってい》していたこともあったろう。ぶん殴られはしたが、勘弁はしてもらって入隊した。こうして泣きの涙ではあったが、二人は潔く別れた。

だが不幸はこの二人に追い討ちをかけてきた。それから間もなく神戸大空襲があって、久恵が戻って働いていた福原も炎上したのである。久恵は焼け死んだ。戦災のドサクサ、戦時下の軍隊の厳しい情報制限、どっちにしても彼女の死を佐々木に知らせることはできなかった。

「こっから先はワシの口では言えん。ワシにも分からんとこが仰山《ぎょうさん》あるんや。もっと知りたかったら茂一に聞いたらええ」

傍らでトミが泣きながら合点、合点している。久恵の死が心底こたえたんやろな。昭六は母親のその時の気持ちを忖度《そんたく》して泣けそうになった。

「もうちょっと隠しとって、もうちょっと戦争が早うに終わっとったら、あのオナゴはんも助かっとったやろになあ」

母親の無いもの強請《ねだ》りの後追いの嘆きで、両親の長話は終わった。

「おとうちゃん、おかあちゃんから聞いたんやが……」

昭六は相変わらず餅を焼く茂一の傍に立って、改まった口ぶりで茂一に問いかけた。

「そうか、おやっさん、そこまで話したんか。そんならしょうがないなあ。まあ、黙っとったら、おまえ、いつまでも五月蝿《うるさ》いし、知らんかったら、あの仲間になってしまうかもしれんし……」

茂一は嫌々《いやいや》ながら仕方ないというふうに重い口を開いた。

「あれは昭一の帰還よりも少し早かったかなあ。あいつは昭一よりも五つ六つ年上や。それに久恵はんのこともある。自分で特攻隊に志願したわけないやろ。そやけど、もう志願するような若いもんは居《お》らへん。払底《ふってい》しとったんやろ。多分、無理やり志願させられたんに違いない。そいで、いよいよ出撃ちゅう時になったんやが、その直前に敗戦になってしもうた」

茂一は昭六の理解しがたい「払底」なんて言葉を使ったのが奇妙に聞こえた。大人らがこんな言葉を使うほど、流行り言葉になっとったんかいなと、場違いな感想をもちながら、話の続きを待った。

「神戸に帰ってきた佐々木は、まっすぐに浜正のワシのとこに駆けつけてきよった。ほんまに言い辛かったで。久恵はんが死んでしもうたと知らせるのは……」

遺骨さえも残されていなかったから、彼の嘆き怒りは尋常ではなかった。それをぶっつける相手も居なかった当座、絶望した佐々木は荒れ狂った。責任を痛感したものの、清一と茂一には慰める言葉もなかった。あの時、余計なことを言わずに、二人いっしょに死なせておけばよかった、というのが二人の共通した思いだった。

「ほんまに、余計な、すまんこと、してしもうた。カンニンしてくれ」

ボロ家に茂一とつれだって訪ねてきた佐々木を前にして、清一はそう言った。それ以上のことを言えるわけもなかったのだ。佐々木は畳に正座している膝の上に両拳《こぶし》を握り締めてずっと俯いたきり、一言も発せずに涙を堪えているようだった。

「あの時、ワシは、殴ってくれ、蹴飛ばしてくれてもええでと言いたかった。そやけど、アイツはそんな男と違う。ワシらのとこに真っ先に来たちゅうことは、恨み辛みを言いに来たんと違う。〝久恵がお世話になったそうで〟って、それだけを言いたかったんや」

茂一はその時の佐々木の心中を慮《おもんばか》るように、そして自分の申し開きをもするように、静かな声音で語った。

「これから、どないするんや。また板前に戻るんやったら、ワシが口きくで」

茂一の精一杯の慰めと励ましだった。

「まあ、もう少し考えさせてもらいます」

それだけを答えて、佐々木は立ち上がった。その後ろ姿を追いかけるように、清一はそっと声をかけた。

「仰山死んだんや。ヤケにならんとってや。久恵さんの後生を弔ってやるつもりで、生き残った若いもんを助けてやってほしいわ」

背中にその声を聞いて、佐々木はちょっとニッコリしたようだった。

「親父さん、心配せんとってください」

それだけ答えて彼は出て行った。

その後、実際に佐々木は頑張った。生きて復員してきたものの、仕事にアブレて街中にゴロゴロしている男たちや、肉親を失ってその日暮らしにも困っている女たち、それに進駐軍の兵士の靴磨きとか乞食になっている子供たちを、何かと気を使って面倒をみてやっていたらしい。男《おとこ》っ振《ぶ》りが良くて、腕がたって、気風が良い。ヤケクソに暴れていたころでも喧《けん》嘩《か》に負けたことがない。その上に自分のなけなしの実入りをはたいて、子供らに何がしかの小遣いをやったり、食い物をくれてやっている。目立たないわけがなかった。

清水は神戸にたった一つしかないクミだと言ったが、それは戦前から新開地を中心に縄張りをもっていた古い暖簾《のれん》のテキヤ「山仙《やません》」の戦後の姿であって、実はもう一つ、新興勢力ともいうべきクミ「森田組」が伸《の》しつつあった。二つの勢力が対抗する気配が、港の人と仕事の手配をめぐって強まっていた。

ちょうどそんな折、「山仙」の親分・山口仙蔵が、新開地で喧嘩している佐々木を見て、仲裁に入ってやってから重々しく言ったものだ。

「ええ若いもんが、いつまでもブラブラしてて、喧嘩ばっかりしておったんでは先がないやろ。どうや、ワシんとこに来て、ヒト働きしてみんか」と。

もう還暦も過ぎたような、一見温厚そうな顔形ながら、充分に貫禄を感じさせる重みのある態度で、直接言葉をかけてくれたのだ。佐々木は貫禄負けを痛感させられて素直に頭を下げた。

「オヤッサンに体預けますよって、よろしうお願いします」

それからたった二年ばかりの間に、佐々木良司という名前は新開地から港まで聞こえるようになっていた。おそらく山仙親分は、もう一つの新興勢力と張り合うために、若くて活《い》きのいい男たちを捜し求めていたのだろう。そこに佐々木が現れたのである。親分は大いに期待して、古くからの子分だが頭も古い兄貴分たちを飛び越して佐々木を「若頭」につけた。

そして、山仙の跡目は佐々木やと噂されるようになっていた。

港の権益をめぐる対立と抗争は激しくなりつつあった。新興の森田組は、なりふり構わず何でも手を付けたらしい。なけなしの懐をはたいて一攫千金を夢見る男たちを呼びこんで開く闇の賭博はもちろんのこと、進駐軍から流出してくる闇物資の横流し、進駐軍への日本女の斡旋、やはりそこからこっそりと出てくるらしいヒロポンと呼ばれる麻薬まがいの覚醒剤やアルコール類、港の沖仲仕の手配のピンはね、それに新しく開設された競輪もその射程に入っていた。当然それらは官憲と米軍のどこかと繋がっていないと出来なかったに違いない。こうして裏社会を席巻するような勢いで、日に日に勢力を拡張していった。

山仙側としては、昔からの本業である繁華街でのテキヤをこなし、そのついでに船会社や運送業者から依頼される沖仲仕の手配をやってさえいれば文句はなかった。しかし森田組はそんなことを忖度するわけがない。その勢力を三宮・元町から、ついには新開地にまで伸ばしてきたし、さらに港の沖仲仕の手配で激突することになってしまった。山仙からすれば既得権益の侵害である。

焼け跡で細々と商売をしている古くからの商売人たちは、森田組の横暴を山仙に訴えた。あちこちで若い衆らの小競り合いが始まるようになっていった。佐々木はそんな小さな喧嘩にはいちいち顔を出すことはなかったが、権益が大きく損なわれるような衝突には必ず出張《でば》り、そしてその場を収めるだけの貫禄と実力を示した。

「それが今の佐々木や。アイツも命を張って頑張っとるんや。そやけど、やっぱりヤクザはヤクザや。あんなんに巻き込まれたらアカンで」

伯父の清一に似て口の重い茂一の珍しい長話は終わった。それはそれなりに、昭六の胸に堪えるものがあった。

「佐々木さんは、ほんまに悲しい苦しい目に遭《お》うたんやなあ。今の恰好ええ姿しか知らんかったら、ワシもフイッと入ってしもうたかもしれん。知った以上は、そんな大変な目に遭うようなとこには行けけん」

昭六は佐々木のまっすぐな生き様に感動しながら、その轍《てつ》を踏むまいとも思うのだった。しかし、それはそうとして、話はそっちと違うやろと元に戻って考えた。茂一が佐々木に告げた板前修業をやらせるという目の前の話は納得できないままだったのだ。にもかかわらず、やがてそれは「ホンマのこと」になった。

中学校の最上級生、結局はなんだかんだと高校にも行きそびれてグダグダしている間に、新制高校でいえば二年生にもなろうかとしているころだった。

「おもろない高校なんか、行ってもしょうがないわい」

これが昭六の言い分だった。そして茂一の紹介で再建して間もない「浜正」に、とりあえず追いまわしということで主人が受け入れてくれたのである。

早く働いて暮らしを助けてもらいたい両親は何も言わなかったが、兄の昭一は猛反対した。「これからは平和な時代になるんじゃ。絶対に学歴がモノをいう世の中になるんじゃ」というわけである。

そのとき、昭六にはその理屈が理解できなかった。「学校がなんぼのもんじゃ。大学なんて、クソくらえじゃ」と息巻いて反論したものである。彼の頭の中には、有名大学に入りながら、学徒動員で初年兵として軍隊に入っていった貧相な若者たちの報道写真の姿が浮かんでいたのである。

「アホなこと言うな。オヤジを見てみい。大学卒でないからいつまでも臨時雇いの肉体労働ばっかりや。ワシかてそうや。ちゃんとした大学を出ておらんから、このままだとペイペイの平社員でずっと居《お》ることになってしまうんじゃ。悪いことは言わん。この平和な時代や。必ず学歴がモノいう時代になる。学費くらいワシが出したるから、勉強やめたらアカン！」

何を兄貴は言うとるんやろか。平和、平和言うたかて、またいつ戦争が起こるか分からんちゅうに。生きて帰れたから、やっぱり命が惜しいんやろか。平和ボケちゅうもんと違うか。

昭六はその程度のことしか思わず、結局兄の忠告を無視してしまったのだった。

店は神戸の色街ともいえる福原のど真ん中にあった。ちょっと上等の赤線といったところだが、戦災からの復興も緒に就いて、闇屋などの戦争成り金やアメリカ軍の将校を接待する会社が使い始めていた。茂一もリヤカー引きの焼餅屋を止めて、本来の板前に戻った。

浜正は店の周囲にコールタール塗りの黒い板塀をめぐらし、松の枝が外の路地にちょっと顔を覗かせるといった、お決まりの日本情緒をひけらかす安手の飾りではあったが、焼け跡だらけの神戸の街中では珍しがられて評判になっていた。店の近辺には芸者の置屋や喫茶店もボチボチと建ち始めていた。

昭六のさしあたっての仕事は、食材の買出し、下足番、門口から玄関までの敷石の水洗い、それに板塀の落書き消しと、なんでも有りの丁稚奉公のようなもので、なかなか厨房の中に入れてもらえないのが寂しいが、彼は別段それを苦にするふうもなく、せっせと口笛を吹きながらこなしていた。

店に呼ばれる芸者衆や三味線持ちの若衆、門口を通りかかる近所の店屋の女将連中とも顔馴染みになって、「昭《しょう》ちゃん、よう働くね」と声を掛けてもらうようにもなっていた。色街のことだ、中には「昭ちゃん、あんたならタダでもええで。今晩あたり、どないや？」とか、「あんた、まだオトコになってえへんのやろ。なんやったら、うちがオトコにしてやってもええで」などと、けたたましく笑いながら怪《け》しからん誘いをかけてくる年増の芸者さんもいた。

「おおきに。そのうちにご馳走になりに行きまっせ」

昭六は大人びた口調で冗談っぽく応える。そんなやりとりを傍らで見聞きして、茂一はしみじみと言ったものだ。

「お前も、ワシの血を引いとるなあ。ほんまにヒョウロクやで。そやけどな、こないなとこのオナゴに手を出したらアカンで。お父ちゃんに怒られるさかいな」

茂一兄さん、自分のことを言うとるんやろか。後悔しとるのかな。口答えはしないまでも、「こないなとこのオナゴ」だった芸者の「トッシャン」こと敏子はんと一緒になっとるのに。そんなふうに言うなんてと、昭六には奇妙に思えるのだった。

それにしてもワシ、こんな水商売が性に合《お》うとるのかもしれんな。確かに「血を引いとる」から、当然かもなあ。近ごろでは、そのように感じるようになってきた。そんなある日、出前から帰ってきた昭六をつかまえて茂一が話しかけた。

「こないだな、淡路の清がちょっと寄ってくれてな、お前のこと、心配しとったで。そいで一度、淡路に遊びに来《こ》させてくれ、言うとった」

それを聞いて昭六はハッと気がついた。ここしばらく念頭から忘れていた明美のことをである。

そう言えば、もう高校の二年生になっとるんや。どんな女の子になっとるんやろ。そう思った途端、矢も盾もたまらず会いたいという思いにかられた。お盆休みが待ち遠しかった。

第六章

青春真っ盛り「ガイナモン」になりたくて

淡路島の北端に位置する岩屋までは、明石から巡航船で一時間ほどの船旅だ。「浜正」の主人からお盆用にと貰った小遣いを後生大事に尻ポケットに仕舞いこみ、母親には泳ぎに行くと言い置いて省線電車に飛び乗った。実際、この夏は例年よりも暑さが格段に厳しく、暑さに茹だったトミは上の空で聞きながら、それでも泳ぎなら淡路と決めてかかって、

「清さんによろしうにな、それにもし春美さんに会《お》うたら、くれぐれもお礼言うんやで」

と言付《ことづ》けた。

省線電車は須磨への海水浴客で一杯だった。立ったままの車窓から見える海は、昭六の胸の内を反映しているように眩しく輝いている。須磨の駅を通過するころから、左側の車窓にくっきりと淡路島が眺められるようになる。海水浴客はゾロゾロ降りてしまったので、やっと座ってゆっくりと物思いに耽ることができた。

「淡路島 かよふ千鳥の 鳴く声に いく夜寝覚《ねざ》めぬ 須磨の関守」ってか。

昭六は国文の水田先生の授業で学びはしたものの、たいして好きにもなれなかった和歌の一首を柄にもなく思い浮かべ、口の中でブツブツとなぞる。

ワイは関守でもないが、淡路に行くと決めてからは、確かに寝覚めぬ晩もあったなあ。あの関守のおっさん、やっぱり出先に居《お》って都のオナゴのことでも想っておったんかな。今やったら、よう分かるでと勝手に解釈し、同じ路線を明石の中学校に通っていたころにはチラ

ッとも思い浮かばなかった和歌が思い出されて、独りほくそ笑んだ。

出航間際の巡航船に飛び乗って、遠ざかる明石の港を振り返りながら、もう三年経ったのだと思った。苦しくて情けなかった中学時代が、久しぶりに眺める明石城の櫓《やぐら》の照り返しの中で幻のように懐かしく思い出されるのだった。

三年生の時、戦争中は中止されていた恒例のお城一周マラソン大会が復活した。その前まで村からの徒歩通学で鍛えてきた足に自信のある昭六は、「絶対に優勝したる」と自信満々で参加した。しかし先頭を颯爽《さっそう》と走っていたつもりが、途中でエンストし脱落してしまったのである。

日ごろロクなものも食っていない体力の衰えは、どうしようもなく脚にきている。その上、滅多にないことに母親が気を利かせたつもりで、「精のつくもん、飲んで行き」と言って牛乳を飲ませてくれた。冷蔵庫なんて立派なものがあるわけもない真夏の取り置き牛乳だ。あっという間に腹にきた。格好悪いが城内の便所を探すヒマなぞありはしない。近くの草叢《くさむら》に飛び込んで垂れ流した。

格好良くテープを切るという彼の夢は無残に打ち砕かれてしまった。明石城といえば、その恥ずかしくて情けない思い出が蘇る。しかし身体をくるりと回すと、そこにはすでに淡路の砂浜の輝きが迫ってきている。明美に会えるというトキメキが、暗い思い出を打ち消してくれた。

手紙で報せていたので、桟橋に明美が出迎えてくれているのが遠くからも眺められた。沢山の出迎え人の中で、小柄だし派手な服装をしているわけでもないのに、赤い麦藁帽子をかぶった彼女の姿はすぐに識別できたのだった。

淡路は母親の出処の島ほどちっぽけではないが、その北端の岩屋はもともとが半農半漁の村である。明石海峡を渡る巡航船がここに寄港するようになって、淡路島への入り口として栄えるようになったものだ。海べりは漁師たちの集落で、船着場から少し登り坂になった細い小路が行く筋も散らばっている。その一本に入って行くと、あちこちの家々の狭い庭に網や魚籠《びく》が干されていて、魚の匂いがうっすらと漂っている。

清の家と春美・明美の家とはブロック塀一つ隔てた隣り合わせであった。姉妹の父親の金井豪は漁船ではなく巡航船の乗組員であり、清は運搬船の船長をしているから、両家とも魚の匂いはしない小綺麗な佇まいの家である。

金井のおやじさんも清も不在だということで、昭六は先に清の家で留守番をしている嫁のフクに挨拶し、それから金井の家に回って靴を脱いだ。顔も形も定かでない叔母の位牌に線香をあげ、祀られている写真をつくづく眺める。確かに明美に似て、ふっくらとした顔だちの優しげな表情をした美しい女性という印象を受けた。

父親も姉の春美もいない家の中はしんと静まっている。風通しのよい日陰になっていて、船から降りて歩いてきた汗がスッと引いていく。二人っきりの東の間の静寂のなかで昭六の胸の中はドキドキしていて、仏壇にお参りしている彼の後ろにひっそりと座っている明美が気になって仕方がなかった。

ここらも神戸の親と同じ浄土真宗だ。信心深い両親のお蔭で念仏の一くさりぐらいは唱えられる。しかしそれも限度がある。南無阿弥陀仏を何度も繰り返しはしたものの、後が続かない。居たたまれない感じになって、

「ついでに叔母さんのお墓参りしょうか」

と話しかけてみた。

打てば響くように「ハイッ」と返事がきて、そっと立ち上がる気配がした。

家の門口を出て浜と反対側に南北に通っている道を歩くと、すぐに左側に折れる坂道にさしかかる。お寺の山門への参詣道だ。寺は山の中腹にあり、お墓群は本堂の裏側に広がっている。金井家と岩田家の先祖代々のお墓はその西の端っこ、お寺の裏門に近いところにあった。結構大きな墓石やなあ、歴史の長さが違うわいと、昭六は神戸の鵯越《ひよどりごえ》の公営墓地にある自分の家の墓と比べて感心しながら、途中で買ってきたお花を供え、ここでもうろ覚えの念仏を一くさり、もっともらしい顔をして唱える。

家から持参のお線香の煙が漂い、西門の方に流れていく。その匂いをかぎ煙の行方を目で追いながら、「さてっ」と明美を振り返ると、まだ熱心にお念仏でもあろうか、口の中でブツブツ言いながら目を閉じている。その目が開いて昭六の眼差しにぶつかり、ニッと微笑んだ。

「これもついでや。ちょっと山登りしようか」

「そうしましょう」

ということになって、西門を出る。そこからはウネウネと細い山道が上の方へと連なっている。昭六は地元の娘より先に立って歩く。後ろだと、明美のスカートの裾が気になるからだ。

頂上に無人の灯台が建てられていて、明石海峡の航行の安全を守ってくれている。その後ろにひょろりとした松の木が二、三本あって、真夏の陽光を幾分和らげてくれる素敵な木陰を作っている。二人はそこに入り、明美はハンカチで、昭六は腰にぶら下げている手拭いで、顔を拭う。

「団扇《うちわ》持ってきたら良かったねえ」

と明美。

「そうやったなあ」

と、ただ一言だけの昭六。

見下ろせば眩しい瀬戸内の海。明石海峡の真ん中にゆったりと大きな渦が廻っている。右手には霞んではいるが神戸の西はずれの町並みと、そのはるか後方に六甲山脈の薄い姿とが浮かんでいる。左側はるか先に家島であろうか、小さな島影が望見できる。さすがに見えはしないが、その先に小豆島があると明美は言った。

その口元を目の隅で追いながら、海の煌《きらめ》きよりももっと眩しい、明美の汗ばんだ肌の香りをかいだように思える昭六だった。二人の間の沈黙に耐えかねて彼は問いかけた。

「もうすぐ卒業やなあ。卒業したあと、どないするつもりやねん？」

まったく気のきかない間抜けな問いやなあ。そう自分でも呆れながら、でも何か口に出していないと、何か仕出《しで》かしそうな危うさを感じているのだった。明美は他人行儀に律儀に応える。

「まだ決めていません。そやけど、お父ちゃんと岩田のおっちゃんがな……」

そこで明美は何かを言い澱《よど》んで黙ってしまった。昭六も、なんだか恐ろしいことが話されるのではないかと不安になって、問い直しもせずに遠くの海を見やっている。

所在無げに「そろそろ下りようか」と呟く昭六。ふと明美を振り返ると、彼女の目に涙が一杯。びっくりして思わず手を伸ばして拭いてやろうとする、その手を明美は振り払うのではなく、そっと握ってきた。そのまま二人はじっと目を見詰め合う。いつの間にか明美は体を昭六に預けるほど身を寄せている。こわごわ昭六は顔を寄せ、唇を上気した明美の頬《ほお》に触れる。ビクッと体を震わせる明美。そしていきなり両腕で抱きついてきた。よろけそうになるのを堪えて、昭六はしっかりと抱きしめてやる。それ以上、なにをするでもなく二人はじっと抱き合っていた。

松の木陰の静かな夏の昼下がり。心が通い合うような、生まれて初めての抱擁であった。

その夜は、明美の父の金井が遅番ということで、晩御飯は清の家に呼ばれて行った。明美も一緒だった。

清の運搬船は小さいとはいえ、船主兼船長の清のほかに三人の船乗りがいた。その中の一番若い岡武《たけし》という男が、呼ばれて同席していた。船は補修のためにしばらくドック入りして船員たちは陸に上がっているのだが、独身モノは岡一人だということだった。無口でお愛想の一つを言うでもなく、黒い日焼けした顔を赤くしながら黙々と飲んでいる。いかにも船乗りという感じである。しゃべっているのは「船主さん」（岡はそう呼び慣わしていたらしい）の清だけだった。

「昭《しょう》ちゃん、若い間は、なんでもせなあかん、苦労は買《こ》うて来てでもせい、言うやろ」

清は禿《は》げかけた頭まで真っ赤に染めて、タバコの煙といっしょに濁声《だみごえ》を吐き出している。

「貧乏は辛いもんや。見てみい、このワシを。若いころに苦労した証拠に、こんなに禿げてしもた。そやけどな、昭ちゃんよ、そのお蔭で船長さんとか船主さん言われて、一人前に世間様に大きな顔して歩いておれるんや」

なんだ、自慢話かいな。昭六は半ば呆れながらも、黙って清の話を聞いてやっている。

「おとうちゃん、ええかげんにし。昭ちゃんかて武さんかて、もう聞き飽きたって思とるわよ。なあ明美ちゃん」

女房のフクが同意を求めるように明美に声をかける。

「そやかて、おっちゃんの話、いつ聞いても何遍聞いても、タメになるんよ」

明美はそつなく受け答えしている。この娘《こ》は賢いなあ。子供もおらんのにフクさんは「おとうちゃん」と言うてはるけど、うちのおかあちゃんが言うとった。明美を養女にして婿取りして、そんでこの船会社、継がせるいうのもホンマのことかもしれんな。

昭六はふと、明美と一緒になって淡路に住み着く自分の姿を想像してみる。ひょっとしたら、清とフクの頭の中に、その婿養子に自分を考えているのではないかと。もしそうなら、茂一の養子になるのを断った母親が何と言うだろうか。その断り方を空想すると思わず笑えてくるのだった。清はまだ演説をブッている。

「要するにや、ガイナモンになって金儲けせなアカン、言うこっちゃ」

昭六は「ガイナモン」という言葉を初めて聞いて、しばらく考えこんでいたが、はあ、なるほど「偉いヤツ」いうことやろなと思い至った。そうか、貧乏はイヤやいうのはよく分かる。ガイナモンにならんと金儲けもできんちゅうことやったら、ワシもそんなモンになったろうやないか。昭六は妙に納得する気分だった。

若いモン三人を相手にオダを上げて相当に酔っ払った清が、その場でゴロリと横になってイビキをかきはじめたのをしおに、武は帰っていき、明美はフクの後片付けを手伝ってから隣の自宅に帰って行った。さすがにそちらの家に行って泊まるとは言えず、裏木戸まで送って行き、またアシタねと言い交わして別れようとして、どちらともなく手を差し伸べて握り合った。明美は昭六の手をずっと握ったまま、しばらくは離そうとはしなかった。そんな明美が愛おしくて、思わずそっと抱き寄せ、口づけした。

生まれて初めての「口づけ」の柔らかな唇の感触と、フクが食べさせてくれたカレーの香りがいつまでも残っている。それを大事に、大事に取っておきたいと、思わず両手で口をおおう昭六だった。

翌朝、岩屋の漁船が出漁していくポンポン蒸気の音に目覚めた昭六は、一夜悶々《もんもん》として幾度も寝覚め、寝不足気味だった頭を冷やそうと浜へ飛び出した。まだ遊泳客が少ないのを見て、砂の上でパンツを脱ぎ海パンに穿きかえる。朝の海水はまだひんやりとしていて気持ちがいい。平泳ぎから背泳ぎに変えながら、昨日の昼間から夜にかけての一日を思い返している。何気ないキス、かすかに震えていた睫毛、抱き合ったときの明美の肌の熱さ……。

それに清がオダ巻いて自慢していた船のこと。小さな運搬船とは聞いていたが、何を運ぶとは聞いていなかった。昨晩初めて知ったのは石船だということだった。昭六は思わずハッとして、それ、あの瀬戸内から大阪に運ぶ船のことかいなと問いかけた。

「そうや、瀬戸内の島々から切り出される石をな、大阪だけと違うで、今は神戸でもどこでもやで」

自慢げに清は答えた。「まあ、あんまり遠いとこはアカンけどな」と、ちょっとだけ肩をすくめて付け加えたが。

ほんなら、おかあちゃんの島にも行ったんやなあ、縁があるもんやと、昭六はあの怖い鼻岬を通り過ぎていく船の姿を想像しながら、あらためて清夫婦と明美たちとの繋がりの強さを確認できたみたいで嬉しくなったものだ。

そう思うと、一層はっきりと明美のいろいろな姿形が瞼《まぶた》に蘇るようだった。その耳に、生意気になりかけている小学六年生のころだったろうか、学校帰りの道々、一人の悪ガキが言いかけてくる声が聞こえてくる。

「おまえ、なんで生まれたか知っとるか？」と。

「そらあ、おまえ……」

オロオロと答えられない昭六を周りの連中が一斉に笑っている。

「そらあ、おまえ、言うてからに。ひょうろくは知らんのやろ」

「まさか、コウノトリが松の木かなんかに運んできて置いて行った、言うんやないやろな」

連中は口々に囃し立てる。

「そんな偉そうなこと言うんやったら、おまえ言うてみい」

と、ひょうろくは反撃する。

「おまえのおとうちゃんとおかあちゃんが、〝接吻《せっぷん》〟したから生まれたんやで」

知ったかぶりした一人が答えた。それには誰も反論しない。みんなそう思っているようだった。「キス」なんて言葉を知らない連中だが、「接吻」という言葉は聞き知っている。口と口を合わせるということらしいが、なんだか汚らしい。昭六はムキになって口答えする。

「うちのおとうちゃん、おかあちゃん、そんなこと、せえへんわい」

するとまたしても悪ガキどもは笑い囃し立てる。

「ひょうろくは、何にも知らへん」

あいつらも、ほんまは何にも知らなかったんじゃ。学校の先生が小便なんかしないと思ってるヤツらや、先生かて、ちゃんとすることはしてるんやから、子供もできとるんじゃ。ワシはもう知っとるで、なんで子供が出来るんかを。

学校帰りの道すがら、近所の若い衆《し》が仲間らしき連中とじゃれあいながら大声で言い合っているのを聞いたことがある。

「夕《ゆん》べのオナゴは具合良かったで。ええ気持ちにしてもろた」

当時はなんのことか理解できるわけはなかったけれど、「オトコとオンナが何かして、それでこのヒトがエエ気持ちになったんやろ」くらいに思ったものだ。それを思い出した途端、明美の肌の色と香りが頭をよぎったのであろうか、海水で萎《しぼ》んでいたはずの股間のモノがズキッと突き上げてきたようだった。思わずそこを押さえ、こんな恥ずかしいところを誰にも見られなかったかと、背泳ぎの首を擡《もた》げて辺りを見回した瞬間、「アッ」と気がついた。白浜が、そして浜から突き出している岩山の松の木が、かなり遠くになっているのだ。

流されている！　このまま行ったら、明石海峡の渦のなかに巻き込まれてしまう。恐怖感がどっと押し寄せてきた。慌ててクロールに切り替え、岸の方に向き直り泳ごうとする。しかし、ぜんぜん近寄ってくれない、それどころかますます遠くになっていくようだ。

いかん、こらかなわん！　もう必死だ。必死で泳ぐ。近寄らない。流される。とうとう、恥も外聞もなく「助けてくれ！」と叫ぶ。途端にガブッと水を飲んでしまう。かなり遠くに漁船の影が見えるが、気付いてくれるやろか。間に合わん、気付いてくれん、助けてくれ……。


「こいつ、岩田言いますねん」

「そら分かっとる、ここは岩屋や。場所を聞いとるのと違う。この人の名前を聞いとるんじゃ」

「そやから、こいつの名前が、岩田昭六言いますねん」

「えっ、岩屋やのうて岩田いう名前かいな。ややこしいな」

数人の笑い声が遠くから聞こえてくる。その声でふと気付いた。助かった。助けられたらしい。安心感が戻ってくると、溺れかけた瞬間の恥ずかしさが蘇ってきて、思わず股間に手をやる。当然、それは萎んでいた。

「気付いたらしいで」と最初の声の主が叫んだ。

重い瞼を開けると、大きな眼球と日焼けした黒い顔がすぐ前にあった。昨晩もいっしょに酒を飲んでいた岡武のようだった。目を動かすと、その隣に警察官らしい制服のおっさんの心配げな顔が見えた。

「よかった、よかった」と彼は嬉しげな声をあげた。

武のヤツ、どこから現れたんやろか。気付いた昭六が最初に頭に浮かんだのはそんなことだった。しかし武の後ろから、おどおどとした表情の明美が顔を覗かせているのを見て、昭六は現実に引き戻された。ホッとすると同時にドッと恥ずかしさがこみ上げてきた。あんなこと、想像しとったのを察しられなかったやろか。

結局、明美が泣きそうになっていたわけは分からずじまいだった。

「自分が助かったので嬉し泣きでもしてくれとったんかいなあ」

昭六は勝手にそんなふうに解釈していたが、実は彼女には縁談の話が進んでいたのだった。それも、なんと相手は武である。

子供のいない清夫婦は、船主としての跡継ぎを考えざるをえない。実直でよく働く武を養子にし、それに明美を娶《めあ》わせるというのである。金井とは隣同士の家である。跡継ぎなぞ心配していない金井側も、孫ができればいつでも顔を見ておれるというわけで、その話を承諾していた。武は文句なしに喜んでいたが、明美の気持ちは揺れていた。同じことなら、昭六兄さんと……。

清にしても本当は昭六を婿養子にしたかったのだが、自分の兄貴分の茂一が昭六を養子に欲しがっていたのに、母親のトミがにべもなく断ったということを知っていた。茂一が欲しがっていたものを、こっちが取ったら義理人情に外れる。そう判断した清とフク夫婦は、昭六の養子話を諦めたのだった。

昭六はそんなことを知るわけもない。知らなくて良かったのである。彼には明美の涙を溜めていた表情の可憐さと、そっと抱きしめた体の温もりだけが脳裡に刻み込まれていた。

「またきっと、会いに来るで。待っててや」

元気を取り戻してから退院を許され、帰り船に乗り込んで心の中で呟きながら、穏やかに凪《な》いでいる海の、ゆるやかな渦を横目に眺めながら海峡を渡って帰っていった。

「あいみての のちのこころに くらぶれば むかしはものを おもはざりけり」

という、あの国文の水田先生に教わった和歌を口ずさみながら。命がやっと助かったばかりだというのに、もう次に明美と会う日を楽しみにしている能天気な極楽トンボの〝ひょうろく〟だった。

淡路から帰ってから数日が経っていた。溺れて死にかけて命からがら逃げ帰った敗残兵のような気分のまま、元の追いまわしの仕事に戻っていた。しかし頭の中では「ガイナモンにならな、アカンぞ」という清の言葉が、いつもグルグルと駆け巡っていた。

そんなある日、「クミのワカ」こと佐々木良司が、清水一人を供にして「浜正」にやってきた。そして昭六を呼び出して、いきなり真剣な表情で言い出したものだ。

「競輪がこれから流行る。やってみる気があるか」と。

「ワシは茂一さんやあんたの親父さんに、ゴツウお世話になった。それやのに何も恩返しができてえへん。それが辛《つら》い。せめて、あんたの世話くらいしたいもんやと思うてる。そこで相談やが……」

佐々木は真剣な表情で慎重に言葉を選ぶように話した。

「あんたも知ってるように、競馬はもう復活してる。競馬は昔から社交的な交際の場やった。そやけど、これからは違う。庶民が血眼になって金儲けに走る時代や。戦争で禁欲されとった血が騒ぐんや。見とってみい、競馬場は一杯になるで。そやけど、あれはやっぱりまだ高等な趣味みたいなもんや。第一、馬かてロクなもんが居《お》らん。軍馬の生き残りみたいなもんばっかりや。これからは、もっと庶民的なモンを欲しがるようになる。それが競輪や。なんせ競輪は、物凄《ものすご》う身近なもんで、誰でもできるように錯覚しよる。それに競馬場ほどデッカイ場所や施設を作らんでもええ。神戸がそのハシリになるんや」

佐々木は熱をこめて、昭六を説得するというよりも、まるで自分の夢を見るような表情で語った。

戦争で禁欲されとった血が騒ぐってか。それでもって、もっと庶民的なもんが要《い》るんやて。昭六は咄嗟に母親トミの顔を想起した。苦労ばっかりかけて、なにも喜ばせてやったことがない母だった。ひょっとしたら、競輪で稼いでガイナモンになれるかも……。母の嬉しそうな表情が眼に浮かぶようだった。昭六は店の兄貴分たちに連れられて、市営の競輪場を一度だけ覗いてみたことがあった。その時の格好の良い競輪選手の激走が強烈に印象に残っていただけに、一も二もなくその話に飛びついた。「ガイナモンになる」という夢がいっぺんに膨らんできたように思えたのである。

ここでもまた兄の昭一と激突した。彼流に言えば、競輪もやっぱり博打なのであった。しかも馬と違って、人間の気持ちとか打算が入り込む。するとどうしても金の出し入れ、行方、競争相手とのやりとりといった生臭い葛藤が生じるし、はてはボスの言うままになってしまって八百長騒ぎを起こしたりする。それはもうヤクザの世界なのだ、というわけである。

昭一はもう弟の進学のことは主張しなかった。そのかわりに、一人前の板前になると決めた以上は、その道一筋に懸命に修業すべきだと言った。

「おにいちゃん、こないだ言うとったことと違うやないか。板前もヤクザな世界や言うて反対したやろが。今度もまたヤクザや言う。何したかて、ヤクザもんにしてからに。学校へ行ってもヤクザもんは居《お》る。それにヤクザにも立派な人も居る。ワシと同じ二中出て、おにいちゃんと同じように特攻で死に損ねて、それでもちゃんと若いもん育てとるような人も居るんやで」

佐々木良司を念頭におきながら口角泡を飛ばして兄にくってかかる昭六。そんな弟を張り倒してでも言うことをきかせるという意欲がなくなってしまった昭一。やっぱり、ヒョウロクはヒョウロクかいなあ。嘆きながら諦めざるをえなかった。

兄との口論に勝ったと信じた昭六は、それからあっさりと浜正を辞めてしまった。もちろん茂一も懸命に引きとめた。それに実は浜正の主人・浜田正之助には男の子がいなかったし、孫も女の子ばかりだったので跡継ぎを考えざるをえない。目の前に一番信用している古手の茂一がいた。しかし彼はもう歳をとり過ぎているし妻帯者だ。その甥っ子で可愛がっている、浜田からすれば孫弟子みたいなのが昭六だった。孫娘のうち長女の雅子を昭六に娶わせて、店の婿に迎えようとしていたので、昭六を目の前に引き据えて真面目に説教したものだ。しかし二人の引きとめは、女といえば明美のことしか念頭になく、それに何よりも「ガイナモン」が目の前にちらついている昭六の目を覚ますことはできなかった。

「やっぱり、お前はヒョウロク玉やなあ」

茂一の嘆きにも似た皮肉りの言葉を後にして、昭六は店を飛び出してしまったのだった。

それからは佐々木の伝手《つて》を頼って、まず見習いの選手登録をし、練習用の自転車（実際に走るのではなく、普通よりも重い車輪を漕ぐ固定用のもの）を購入して、あの長屋の土間に自転車台を固定し、汗だらけで懸命に漕ぐ練習をするようになった。

「ガイナモンになるんや！　ガイナモンになるんや！」

そう声に出して己を励ましながら。一漕ぎごとに、その夢が膨らみ近づいてくるように思えるのだった。

だが現実は昭六が考えていたほどには甘くはなかった。半年かかってC級にやっと合格してから、B級に上がって正規の競技に出るまでに、さらに半年近くも要したのである。すでに二十歳になろうとしていた。自分よりも年下の者たちが彼をドンドンと追い抜いていった。それでも競技場に出て眩しい陽光の下、号砲を合図に一線を越えた瞬間のあの闘志満々、勝利目指して飛び出して行く時の気分は何物にも代えられないものだった。

B級に昇格してから、母親のトミは昭六が出場する時には毎回競輪場に通い、夢中になって昭六の車券を買いまくっていた。十中八九は負けると思っていても、やはり同じ車券であった。号砲が鳴った直後から「ヒョウロク頑張れ！」と叫び続け、最終コーナーを知らせる鐘が鳴り響くや、立ち上がって「そこや、そこや！　オシマクレ、マクレマクレ！　マクルンヤ！」と絶叫する、その姿と声は競輪場の名物とさえ噂されたものである。

トミがそんなことをしていることは、夫の清一には絶対に内緒だった。若いころには「飲む・打つ・買う」の三拍子揃ったヤクザな暮らしを経験し、その賭け事・勝負事の面白さと同時に怖さをも知っている彼は、昭六が競輪選手になるのには否定的だったし、ましてその勝負に入れ込んで車券を買うなんてことには、真っ向から反対するに違いなかった。

「おとうちゃんだけには言うたらアカンで」

清一が働きに出ている昼間だけのことではあったが、昭六にはもちろん昭一にもトミは懸命に口止めを申し渡していた。そんな母親の姿と口ぶりを昭一は哀しげに見守るばかりであった。

しかし昭六だって勝つこともある。そんな時は意気揚々と焼酎の一升瓶を抱えて帰宅してくる。トミは何食わぬ顔で、「そうかいな、そらあ良かったなあ」といそいそと愛想よく肴を用意する。もちろんその時だけは懐具合も潤っているのだから、笑顔もムリに作っているわけではない。

清一はその酒が昭六の奢りだと信じこんでいる。

「おまえも、たまには勝つこともあるんやなあ」

と一言呟いて、まず一合徳利を神棚にお供えし、それから座り込んでゆっくりとおいしそうに、そして愛おしそうに飲むのであった。滅多に勝たないだけに、勝った時の賞金は小遣いとは別にこっそりと貯めている。それはシーズンオフになったら、春まだ浅い淡路島にいそいそと出向くのを楽しみにしていたからだった。

　復興したての三宮の高架下に、ひしめくように並んでいるベニヤ板で囲っただけの出店の間をウロウロと歩き回りながら、明美への土産物を見繕うときは、なんだか自分がとても偉くなったような感じを持ったものだ。

　彼女の喜ぶ顔が脳裡にちらつく。それが彼を嬉しがらせるための、わざとらしい大袈裟な「お愛想《あいそ》」ものであるとしても、やっぱり彼女と手を取り合って喜びを分かち合うのは至福の刻《とき》になるだろうと夢見ている。

　結局、昭六が買い求めたものはといえば、流行の人絹《じんけん》のスカーフ一枚だけだった。正絹《しょうけん》のすべすべした温かな肌触りを知らないし、そのような本物も出回っていないころのことである。スカーフという言葉さえ知らないから、「襟巻き」だと信じて買ったのだが、その淡いピンク色の薄い布が明美の白い首筋に巻かれるのを想像すると、胸のトキメキを抑えることができなかった。

第七章

さらば青い海よ
青い春よ

海峡の渦潮を久しぶりに眺めながら岩屋に渡って金井の家で落ち合い、ろくろく言葉を交わすまでもなく、当然のことのように二人は裏山に登った。

春の瀬戸内海は霞んでいる。岩屋から明石への戻りであろうか、巡航船が大きなゆったりとした渦巻きのすぐ傍を通り過ぎて行く。東側の神戸の街並みも西側の家島方面も、ぼんやりとしか眺められない。

〈二人は若い～〉

あの茂一の電蓄で聴いた流行歌の文句を口ずさみたくなるのを昭六は我慢している。そしてふと思う。あの歌の最後は、〈あなた、なあんだい、あとは言えない、二人は若い……〉だった。今、明美に「おま～え」と呼びかけたら、明美は「なあ～に」と応えるだろうか。そうしたら、やっぱり「二人は若い」から「あとは言えない」ってことになるのだろうかと。そのまったく愚にもつかない空想が楽しくて思わず笑みがこぼれる。目ざとくそれを見た明美が問いかける。

「なあ～に」と。

その晩のこと。いつものように二人は清の家でフクの用意してくれた夕食を食べ、これもまたいつものように清の演説を聞かされてから、酔っ払って寝てしまった彼の枕元でグズグズしていた。そんな二人を微笑ましげに眺めやりながら、フクは気を利かせて、

「今晩は、うち夜なべ仕事があるさかい。あっちで寝てな」と言ってくれた。

これ幸いと二人は連れ立って金井の家に戻った。

金井の家の二階は二間あり、明美はいつも奥の部屋に寝ると言い、硬い表情の切り口上で昭六に告げた。

「昭六にいさんは、表の間に寝てちょうだいね」と。

襖《ふすま》で仕切っただけの隣部屋である。寝巻きに着替える衣擦れの音、そっと布団に入る気配。気にならないわけがなかった。溺れかけた時のことをくっきりと思い浮かべた。あの時、どんなふうに明美とのことを想像していたのか。そしてどんなふうに股間が勃起したのかも……。

今、手を伸ばせば、そこに明美がいて、きっと想像していたようなことができるはずだ。だがしかし、思念ばかりが先走って「どないしたら、ええのか、分からん」もどかしさで、昭六は布団の中でモゾモゾしていた。「きのうのあのオナゴ、よかったでえ」という若い衆《し》の嬉しそうな声が聞こえる。「あんた、まだオトコになってないんやろ、ワテがオトコにしてやってもええで」という年増芸者の嘲りを含んだ冷やかしの声も。

「オトコやから何やいうねん。一緒になるんやったら、お互い清い体で居《お》らなアカンのやで」おかあちゃんは、いっつもそない言うとったやないか。

昭六は、肉体の欲望と母親に教えられてきた「大義名分」との狭間をウロウロと行き来している。彼は中学校で教えられたこの言葉が好きだった。日本男子たるもの、絶対にこれなしに事を行ってはならないと信じ込まされてきたものだ。戦争はもちろんお国のため天皇陛下の御為という大義名分があったし、お正月に高槻の姉のところに行ったのだって、親父のお供をして神さんを詣で、そのついでにお祝いにいくのだという大義名分があったのであって、決して「美味しいカシワのお雑煮」を食べたいという卑しい気持ちで行ったわけではないと、自分で自分に言い聞かせてきたものだ。それゆえ多分オナゴはんとのことも、やっぱり母親が言うように大義名分が必要だと観念していたのである。

「おまえのおとうちゃんとおかあちゃんとが接吻したからおまえが生まれたんじゃ」

今なら笑えるガキ同士のやりとりだったが、覚えたての言葉である「キス」くらいなら「名分」に悖《もと》っているわけではあるまいし、もし連中が言っていたことが本当なら、もう明美に子供ができてもおかしくないはず。できてないということは、もう一歩、何かが足りないわけや。それが何か、今ひとつ分からないというのが本音だった。ナニが足らんのやと思った途端に、茂一のところのレコード盤で聞き知った落語の下ネタ噺が頭に浮かんできた。結婚間近《まぢか》のある若い男の話である。彼は、初夜にどうすれば良いか分からないので物知りの大家さんの家に行く。

「大家さん、ちょっと教えてほしいんやけど」

「なんでも聞きな、大家は店子《たなこ》の親代わりじゃ」

「そんなら正直に尋ねますけど、新婚初夜って、どうすればよろしいのやろ?」

「そらあおまえ、簡単なこっちゃ。二人でハダカになってやな、ヨメはん抱いて、お腹《なか》とお腹をこすり合っとればエエんじゃ」

「はあ、それだけで宜《よろ》しいんでっか」

そんなやりとりがあって、新婚初夜を迎えた真夜中、若者が飛び込んできて叫ぶ。

「大家さん、大家さん、大変じゃ大変じゃ。あんたの教えてくれた通りに、お腹とお腹、こすり合わせてたら、ヨメのお腹の下が裂けてしもうて、ワシのナニがチンボツしてしもうた!」

なんでこんなつまらん噺を思い出すのやろ。独りでに笑いがこみ上げてくる。長屋の偉いさんである大家さんのことを思い出したついでに、あの高槻の蔵の中で読んだ中国の笑い話をも思い出した。儒教を教えている謹厳実直を絵に描いたような大先生の下《もと》に近所の者たちがやって来る。大先生といえども、男なんだからやることはやっているだろう。ちょっと冷やかし半分に尋ねてみようじゃないかというわけである。

「ええ、大先生にお伺いいたします。先生は日ごろからワシらにいろいろと立派なことを教えてくださっていますが、そのう、なんでございます、あの例の夜のことも、さぞかしご立派になさっておられることでございましょう。それで是非、お教え願いたいと存じまして、まかりこしました」

「うん、神妙なことである。で、なにを教えてほしいのじゃな」

「ええ、大先生には、まずナニをなさるときに、何をお考えになりながらなさるので？」

「それはお前、決まっとるじゃろう。まずなによりも、天下泰平、国家安泰を祈りながらじゃ」

「ははあ、やっぱりたいしたものですなあ。ワシらとそこが違うんですなあ。で、二回目は、どんなことを？」

「それも決まっとる。一家安泰、一族繁栄を願いながらじゃ」

「ははあ、やっぱりそうなりますか。ワシらも見習わんといけませんなあ。で、三回目は？」

ここで大先生、深く考えこんだ。そして一言、

「もう、ない」

男と女の関係とか、ナニをやることをまだ知らない昭六である。一回目とか二回目というのが何を意味しているのか、しかとは分かりかねるが、それでもなんとなく、この話の怪《け》しからん可笑しさは分からんでもない。

それにしても、と昭六は考える。白髪三千丈式の大袈裟に表現する中国人が、三回で「も

うアカン」ちゅうのは変やで。漢文の先生も中国人になりかわって言い訳するみたいに言うとった。「千里　鶯啼きて　緑　紅に映ず」ちゅうても、中国の一里は四キロではなく五百メートルやさかい、千里言うても、日本の四千キロと違う。まあ五百キロ程度のもんやて。それでもやっぱり大袈裟や。そやからここは三回なんて言わんと、百回くらいや言うても可笑しうない。これはさっと、中国の笑い話が日本に入ってきてから、謙虚な日本人が遠慮っぽく三回に減らしたに違いない……。

理屈にも申し訳にもならないが、大家さんだって中国の大先生だって、やることはやっているのだ。それを願い期待するのも、あながち悪いことではないのだろうと、なにかしら安心めいた気分になる。

しかしそんな変な怪しからんことばかり思い煩っていてはアカンと、そのような想念を消すために、今度はわざとあの難しい顔をした漢文のセンセの、あれは確か東北出の東京高等師範系やった、朗々と読み上げる漢詩の一節を思い浮かべようとした。

「春宵一刻値千金　月には陰あり花には清香《せいこう》あり……」

ウン?!　セイコウってなんや?

そこまで暗記したのをなぞってきて、ふとまた怪しからん想像が働く。貸し本屋さんの表に並べられていたカストリ雑誌といわれる戦後に出始めたばかりの雑誌の表紙だ。本屋のおばはんの目を気にしながら、やっぱり目線がチラチラといってしまう女の人の半裸の写真。「ヌード」なんて言葉も、そもそもそんなものが許されていない時代のこと、乳房を隠しながらの片肌脱ぎで裾からチラッと白い素足をのぞかせているだけのものだが、それでも子供ながら、その色っぽさは眩しかった。明美は、あんなやろか……。

その時、襖の向こう側から声がした。

「昭六にいさん、まだ起きてますの？」

昭六はアッと驚いた。眠れなくてモゾモゾしているのを察知されたのだと。

「ウン、マア……」

としか応えられない。するともっともっと驚いたことに、

「うち、そっちに行ってもええですか？」との声。

あっけらかんとした陰りのない声と言葉だった。昭六は自分を恥じた。怪しからんことしか考えていなかったことをだ。急いで応えた。

「ああ、ええよ」

襖が開く。目を上げると、逆光のシルエットが立ち上がって、こちらの部屋の敷居を跨《また》いで来る。もちろん寝巻き姿のままだが、あの雑誌の表紙の半裸のオナゴのように思えた。

この娘《こ》、なに考えとるんやろ。まだオボコやと信じておるのに、オトコの傍で寝たいやな

んて……。ケッタイな娘やでと不審に感じはしたものの、悪い気はしない。まだ春先で寒いことでもあるしと勝手に解釈し、オロオロしながらも布団の片方を持ち上げてやる。すんなりと、なんの遠慮も気遣いもなげに、明美は滑り込んできた。

まだ乾ききっていない石鹸の匂いのする髪の毛、胸元から漂い出てくる温かな肌の香り、そしてぴったりと寄せてきた胸の膨らみと、熱いくらい火照っている体……。

昭六の破裂してしまいそうな心臓の鼓動を察するふうもなく、彼女は片手の掌《たなごころ》を彼の掌に預けたまま、何を語らいあう間もなくすんなりと寝入ってしまうかのようだった。その安心しきった仕草と寝顔を見入っていると、彼の欲望も妄想も「参ってしもうた」であった。

ハダカ同士になって、お腹とお腹をこすりつけあったら、どないなるんやろ。ふとそんな助平心が頭の片隅を過《よ》ぎったが、「綺麗な体で、おらなアカン」という母親の声が聞こえてきたようで、昭六は踏ん張った。そしてちょっとだけ体を起こし、明美の唇に己が唇を重ね合わせ囁《ささや》いた。

「おやすみなさい……」

明美はニッコリと微笑んだようであった。

男と女のナニもなしに、明美を起こしてはいかんと輾転反側《てんてんはんそく》することもならず、体を硬くしたままではあったが、彼女の軽い寝息を聞きながら昭六も幾らかは眠ったらしい。

長い春の夜であった。いつものようにポンポン蒸気の漁船の出港の音で、浅い眠りから目覚める。

「春曙《あけぼの》の薄眠り枕に通う鳥の声」ってか。

井伏鱒二とかの訳詩だったか、珍しく漢文のセンセが詩の本質を的確に把握し、しかもそれを実に分かりやすく日本人に伝えた立派な訳じゃと褒めておったなあと、またまた漢文の先生の気難しげな顔ともったいぶった声を思い出す。あのセンセ、漢文漢詩が大好きで中国人を尊敬しとったから、中国と戦争したくなかったに違いない。それやのに、中国人を殺すために生徒を送り出すのが商売やった。気の毒やったなあ。

明美と一夜を共にした嬉しさと恥ずかしさ。それに口づけだけで終わったことの幾分の残念さを自分で誤魔化すための場違いな感想を、無理やり持とうと苦しい努力を続ける昭六。傍らでは明美の安らかな寝息がまだ続いている。「鳥の声」ならぬ漁船のポンポン音が遠のいて行く。「夜来の風雨の音、花落ちるを知る多少」ってか。うろ覚えの漢詩の続きを諳《そら》んじる。

淡路島の南端に広がる水仙の群落のなかに明美が立っている。その花の芳しさ美しさが、すぐ傍にある。その花を手折ってはならないが、いつになったらそれができるのか。「春曙の薄眠り」から覚めやらずに戸惑っている昭六だった。

「淡路島 かよふ千鳥の 鳴く声に……」

千鳥ではないけれども、その小鳥の気持ち、分かるような気がするし、夜も眠れんとなると須磨の関守なみやなあ。千鳥の遠慮っぽい可憐さと関守の懊悩《おうのう》が、なんとなく察せられる昭六であった。早く一人前になって、堂々と明美に結婚を申し込みたいものだとも。

そんな彼が、明美の気持ちの揺れ動きと彼女の振る舞いとを忖度する術《すべ》もなかったのは当然だった。自分の気持ちの整理と行動の正当化だけで精一杯だったのだ。

明美はすでに武と婚約していた。しかしまだ肌身を許すというところまでは行っていない。自分が最初に抱かれてオンナになるのは、昭六にいさんだと思い続けてきた。しかし彼女だって、オトコとオンナがナニをするのが「契りあう」ことなのか知っているわけではない。昭六の懐にコンモリと抱かれてすんなりと眠ること。それが乙女からオンナに変わることだと信じて、自ら進んで彼の布団に潜りこみ、彼の肌の温もりを感じながら満足して眠りにつくことができたのだった。

「これでワタシはオンナになった。結婚しても、やっぱり最初のオトコハンは昭六にいさんだったと思い続けることができる……」

浮き浮きした気分で神戸に帰ってきてから、ほんのしばらくして、そんな気分をいっぺんに吹き飛ばすような事件が発生した。佐々木良司が殺されたというのである。あの商売なら、そういうことも起こりかねないとは常々考えてはいたものの、それがこんなにも早く現実のことになったというのは大ショックだった。

そのニュースを報せてくれたのは茂一だった。彼は昭六が競輪場で練習を終えて正面ゲートから出てくるところを待ちかまえていた。透き通るような青空をぼんやりと眺めている茂一を見つけて、なんとはなしに不穏な雰囲気を感じた。そんなボケッとしている茂一を見たことがなかったからである。胸元近くまで昭六が近づくまで無言だった茂一は、足下を見つめたまま、一言、

「佐々木はんが死んだ。殺されたんや」

そう告げただけで、振り返りもせず遠ざかろうとしたのだった。追いかけて背中越しに尋ねた。

「誰が、やったんや。やったヤツ、分かっとるんか？」

「お前も知っとるはずや。お前んとこの隣、たしかハナ婆さんやったかいな。あの二階に居《お》ったヤツや」

「エッ、あの近藤勇一たらいう若い男かいな」

「そうや、そいつや」

激昂している様子でもなく淡々と、それだけを口にした。

二人のやりとりはそれだけだった。二人は黙々と新開地に向かって歩いて行く。別にそこを言い合わせたわけでもなく、当てがあるわけでもなかったのだが、共通するところはそこしかないとでも言うように。

昭六は、その男の瞬き一つしない鋭くて底光りする目を思い出していた。人殺しなんて知るわけもないが、なんとなく人を殺した人間って、こんな目つきになるんと違うかいなと感じたものだ。

「あいつはきっと、森田組の手先の殺し屋やったんや」

昭六も多少は山仙と森田組の抗争の噂は知っていたから、咄嗟にそう思ったのだった。近藤勇一という名前から、映画で観た鞍馬天狗にしばしば登場する暗殺者を連想した。勤皇の志士を陰惨なやり口で秘密裏に消し去るのである。そしてその背後には必ず新撰組の近藤勇がいる。映画では新撰組はいつも悪者にされていたものだ。

おかあちゃんやったら、きっと叫んだに違いない。

「ほれ、悪《わる》もんが後ろから来たで、佐々木はん、気をつけてや」って。

そうすると、ワシはさしずめ杉作ちゅうことになるんかいな……。場違いな連想だった。

衝撃をきっちり受け止めきれない自分を、頭の中のもう一人の自分が嘲笑《あざわら》っている。

道々、茂一はポツリポツリと語った。それは二つの組の手配師同士が、第二突堤《とってい》の付け根で何人かの沖仲仕をどちらが採《と》るかで争っていたときのことだったそうな。佐々木が仲裁に入った。貫禄充分で彼の実力を熟知している双方の若い衆らは、「五分五分で、仲良う引き分けっちゅうことで行こうやないか」という彼の説得に応じて引き上げようとした、その矢先に、突然横合いから近藤が飛び込んできて、罵《のの》りも気合いも発せずに、佐々木の背中、心臓の真後ろから匕首《あいくち》を突き刺した。

白昼、沢山の人々の居るまん前での出来事だった。その場は一瞬静まりかえったが、次の瞬間には双方の若い衆が入り乱れて、あわや流血の惨事になりかけたとき、突堤そばの見張り番小屋から飛び出したMPが小銃を空に向けて何発か撃った。そして近藤に駆け寄ると、銃の台尻で彼を殴り倒した。近藤は口から滴り落ちる血を拭いもせず、立ち上がるとニヤリと笑い、獲物をしとめた成果を確認するかのような冷たい目で佐々木を見下ろした。遅れてきた警官たちがワッパをはめたが、彼は別段抵抗もせずに捕まったという。覚悟の上の計画的な殺人だったことは確かだろう。

道々、茂一が重い口でポツポツと語ったのは、そんなことだった。話の締めくくりのように、彼は断定的な口調で吐き捨てた。

「あいつ、近藤ちゅう男はなあ、シナで仰山《ぎょうさん》なシナ人を殺したっちゅうことや。〈ウサギ狩り〉

っちゅう、田畑で働いとるお百姓さんらを無理やりかっさらって強制的に集めて、日本に送り込んだりもしたらしい。それで上に褒められて勲章ももろたそうや」

そして最後は慨嘆《がいたん》するように、ポツリと言った。

「要するにや、人殺しは手慣れとった、ちゅうことかもしれんなあ……」

昭六は乏しい知識の中で多少は聞き知っていた、中国戦線での日本軍の凄まじい「戦果」の話をチラッと思い浮かべた。「チョウセンさん」も、そんなふうに日本に送り込まれた人たちが仰山おったということは、次男《つぎお》も洩らしたことがある。「ナンキンさん」は戦前から日本に来ていた中国人だが、そうではなくて強制的に連れ去られて、日本の各地で働かされた人たちがいるということまで、知る術はなかったのだから、茂一の話は訳が充分に分からないまでも、その悲惨さは想像できるのだった。そんなことまでして、日本の若者たちが「人殺し」の訓練を受け、それに習熟していったことを想像して、背筋が冷たくなったものである。

この事件は翌日の新聞に大きく報道されたので、昭六は茂一の話の後を詳細に知ったのである。それによると、佐々木は身を守る武器を携帯していなかったが、半身をひねって近藤の頭髪をガッシリと握り、「ワレ、何さらすんじゃ！」と一声怒鳴って、そのままズルリと体を落としたそうな。

それを読んで、昭六は、衝撃とはまるっきり縁のないチャンバラ映画の一場面を想像した。さすが佐々木はんや、昔の武士やったら、振り返りざま抜き打ちで返り討ちにしとったに違いないと。そんなことを頭に描くしか能のないほど、ショックは大きかったのだ。新聞の解説では、支柱を失った山仙は勢力を失い、沖仲仕の手配も森田組の独壇場になるだろうと予測していた。

佐々木の死は昭六にとって当面は何の実利に影響するわけでもなかったが、やはり後ろ盾を失ったような、どうしようもない空ろな気分に陥ってしまう。あの人は、ワシの精神的支えだったんやから。

練習にも気分が乗らない数日が過ぎて、A級昇格を目前にした勝負が始まった。ワシに競輪を勧めてくれはった佐々木はんのためにも、ここはイッチョ張り切って勝たなアカン。

気負い過ぎたこともあろうし、走行中に一瞬、佐々木のことが頭に過《よ》ぎったのかもしれない。普段はやったこともないような、斜面の下側を走りながら前の走者を右側から無理に追い抜こうとした。その時、右上から下って追い抜きを図ってきた走者と接触してしまった。アッという間もなくルートから弾き飛ばされる昭六車。騒然とする場内に、トミの悲鳴がひときわ響いた。

「ケッタクソ悪い、カッコ悪い」

意識朦朧となりながら昭六の頭に浮かんだのは、この二言だった。

病院に担ぎ込まれ、ベッドに横たわりながら思うことはただ一つ、明美が来てくれて、ずっと傍に居てくれて、優しく看病してくれる、そのことだった。しかし見舞いに来てくれたのは茂一夫婦と母親のトミだけだった。姉の十四子も兄の昭一も来ず、トミが付きっ切りだが、泣いてぼやくばかりで、「鬱陶《うっとう》しくてカナワンなあ」であった。

一週間もそうしていただろうか。右足骨折。「おそらく足の具合は治らんやろ」とかかりつけの外科医に診断されていた。それを聞いた途端、暗澹《あんたん》たる気分になり、絶望感がひしひしと胸に押し迫ってきた。食いもんに飢えているはずなのに、病院食を口にする気力も失せてしまった。トミは貧しい家計から無理して何かと差し入れしてくれるが、それさえも食う気にはなれなかった。

「もう、このおかあちゃんを喜ばせることもできんのや。それにもう〝ガイナモン〟になれる見込みも無《の》うなった……」

勝った時のトミの飛び上がって喜ぶ様と、「やった、やった、やった！　ヒョウロクやったで！」という歓喜の声が思い浮かぶ。お金、どないしてるんやろ。さぞかし無理してくれてるんやろ、もうええ、もう放っておいてくれ。ワシ、もう喜ばしてやることも、それどころか稼ぎもできんのやから。こんな調子で歩く様を想像すると情けなくて泣けてくる。

これから、どないしたらええのやろ。将来のことを考えれば考えるほど惨めな気分に陥ってしまう。明美とのことも、であった。

大金稼げるようなガイナモンには、もうなれんかもしれんが、カタギの仕事に戻って、大人《おとな》しう板前の修業して、それから結婚して慎ましく暮らす。傍らには明るい立ち居振る舞いで小鳥が囀るようにしゃべくっている明美が居てくれる……。

明美がはっきりと承知して約束したわけでもないのに、昭六は勝手に信じこんでいたから、そこまで想像すると、ほんのちょっぴりだがホッとした。

茂一兄さん夫婦みたいやなあ。それにしても、なんで明美は見舞いに来てくれへんのやろ。明美と武とのことをまだ知らない昭六が、思い出し縋《すが》りつきたい拠り所は、あの一夜の出来事だった。それが儚《はかな》い夢に過ぎないことを思い知る由もないままに。

ヒョウロクたるものが、なんであの時、「ハダカになって、お腹とお腹、こすり合わせ」なかったのか。そうしていたら、どうなったのかは分からないが、少なくとも今よりはもっと近しい感じにはなっとたんと違うやろか。

明美がそれを間違いなく許してくれる雰囲気だったと思う。もったいなかったなあ。思い切って、やっとったらよかったなあ。「大義名分」なんて、今から考えれば笑い話にもならんような、けったいな申し訳を自分なりの口実にして手も足も出さなかったのが、悔しいし情けない。ほんのちょっとだけ交わした口づけと握り合った手のひらの温もりを、懐かしく恋しく思う昭六だった。

そろそろリハビリで病院の庭に出て歩行練習をし始めた。朝食後と決めている散歩も少し頑張って歩き過ぎ、庭の片隅に置かれている木のベンチに座って休んでいた。午前八時の太陽はまだ強烈な陽射しを降り注いではいなかったが、地上に落ちる木漏れ日はくっきりと影模様を描いており、見上げる空に入道雲が立ち昇る気配を漂わせている。

戸田村から眺めていた爆煙とも入道雲とも知れぬ神戸の夏空、敗戦の日の校庭に濃く落ちていた先生方が泣いている直立不動の姿の影、そして、そして危うく溺れ死にかける前にぼんやりと眺めていた岩屋の海の夏空……。ああ、もう、あれから三年も経っとるんや。

思いに耽っている昭六の後ろから、そっと肩を叩いた者がいた。振り向いた昭六の目をじっと見つめている優しげな眼差し。茂一であった。いつもと違う感じやなあと思った瞬間、何とはなしに不吉な予感に襲われた。茂一は、たった一言だけ呟いた。

「明美が死んだそうや」と。

なに寝言を言うとんねん。笑い飛ばそうとして昭六は気がついた。茂一が、明美に対する昭六の想いを知っていることを、である。茂一の真剣な眼差しが「寝言」を伝えに来たのではないことを示していた。

しばらくぼんやりしていたかもしれない。だんだんと正気が戻ってくるようだった。「死んだそうや」という、その「そうや」と言う文句に縋《すが》りつきたい思いにかられていた。まだ、はっきりと、そう言い切れないんと違うかと。だが、茂一が冗談や酔狂で、わざわざそんなことを伝えに来るはずもないことは、分かっている昭六だった。

佐々木の死。競輪選手としての死。そこへもってきて、明美の死やて!?

「三隣亡《さんりんぼう》やな……」

事態をはっきりと認識できるようになって、頭に浮かんだのはこの言葉であった。

茂一は重い口を開いてぽつぽつと語った。

「清の船に乗っとったんやが、天候不順、視界不良と言うんかいな。それに積荷の石が多過ぎたんやろか。家島沖で他の船と衝突して引っくり返ってしもて、そいで、明美は振り落とされて海に落ちてしもうたそうや。流されて流されて、明石の沖まできてやっと見つかったんやが、もうその時は、息がなかったんやて」

昭六の様子を窺うようにしばらく黙っていた。そしてポツリと溜息交じりに付け加えた。

「気を失《うしな》とったんと違うやろか。あの性根のしっかりした活発な娘が、黙って流されていたとは思えんわなあ。それに武が操縦しとったそうや」

「三隣亡や……」

なんの因果やろか。神さんも仏さんも、ワシを見殺しにするんかいな。

明美が流されていく姿が目に浮かぶ。岩屋沖で危うく溺れ死にしかけた自分の姿と重なって、恐怖に抗いながら必死で救いを求める彼女の声なき声が聞こえてくるようだった。傍に居て、一緒に溺れて死んでやりたかったなあ。

絶望感がひしひしと胸を締め付けてくる。たった一つの救いの光が消えてしもたんや。なぜ茂一が、わざわざ武が操船していたと言ったのか、衝突した船の安否はどうだったのかという疑念も湧かないまま、ひたすら明美の幻を追い求める昭六だった。

〈ワシの青春時代も、これで終わりかいな?!〉

昭六の脳裡に浮かぶ言葉は、これだけだった。

三重の嘆き悲しみに沈む昭六の背中を、空高く昇った真夏の太陽が焼きつくように照りつけていた。

エピローグ

泣くな、ひょうろく
　おとうちゃん、おかあちゃん、
　それに、あの娘《こ》も待っとるよ

大震災から一週間が経っていた。昭一は弟の昭六が死んでいたという場所に立って、ただただ瞑目するしかなかった。周りはすっかり焼け野原になっていて、それを整地するブルドーザーがあちこちに動いている。まさに一瀉千里《いっしゃせんり》、鷹取山がすぐ目の前に見え、その右手の摩耶山《まやさん》も、さらにその右手奥の六甲山も、青空の下にくっきりと眺められた。冷たい山おろしの無情の風が、昭一の涙をすぐに乾かしてしまうようであった。

あの日の夕刻、昭六の遺体が発見された。見つけたのは近所のおばさんだったそうだ。彼女は震災の当日のお昼前に、昭六が座り込んでいた火鉢の前を通りがかり、「オッチャン、そんなとこに居《お》ったらカゼひくで」と声をかけた。それまでは誰も呼びかけたりはしなかったので、初めてその声を聞いて、彼はウッスラと笑い、「おおきに、おおきに、有難うさん」と応えたらしい。それでそのおばさんは安心して通り過ぎてしまったのだが、夕方近くにまた通りかかると、同じ場所に同じような恰好でいるのを見つけた。そして声をかけるまでもなく、その男が壁にもたれかかったままカチンカチンに固まって息をしていないことが分かった。おばさんは驚き慌てて、被災現場を片付けている消防団員に知らせたのである。

消防団は遺体を運ぶ際に、身元確認のために古丹前の内懐を探し、そこに小銭の入った財布、数葉の写真と一緒に、姉の十四子から数日前に届いていた手紙が大事そうにきちんと畳まれ仕舞われているのを発見した。そして親切にも、その送り先の住所から電話番号を調べ、彼女に連絡してくれたのだった。

十四子はすぐに東京の昭一に連絡した。彼がすぐに来られなかったのは、東京での仕事の関係もあったが、交通が途絶していたからでもある。実際、この日も新神戸までは新幹線が通っていなかったから、新大阪で普通電車に乗り換え、芦屋《あしや》まで来て、さらにバスに乗り換えて三宮まで来、そこから一時間ほど徒歩で現場までたどり着いたのだった。道々、お供え花を探したが、どこにも花屋さんはなかった。手ぶらでしか来られなかったことを心のなかで詫びながら、じっと瞑目するしか術《すべ》はなかったのである。


弟と別れてから、一体、何年経ったのか。五十年近い歳月……。戦災で焼け出され命からがら逃げ遂《おお》せた後、アイツは何をしとったんかいなあ。弟を思うと同時に、同じく特攻隊で死に損ねて生還してからの自分の半世紀を、重ね合わせて想起せざるをえなかった。すると昭六の叫びにも似た声が風に乗って聞こえてくるようだった。

「おにいちゃんは、そんなんでええのか?!」

「ええんじゃ。ワシの生き方に、おまええみたいなのがゴチャゴチャ言うな！」

これが二人の兄弟の最後の言葉のやりとりだった。どうしてもっと丁寧に、きちんと説明してやらなかったのか。あんなにも信頼し頼りにしていた兄に、裏切られたという感じしか持てなかっただろう弟。

あれは新制でいえば高校を卒業する歳ごろだっただろうか。結局、高校にも行かずに板前修業に勤しんでいたはずの昭六が、突然それも止めて競輪選手になると言い出した。その理由が、「金、稼いでガイナモンになるんじゃ」であった。

昭一は猛烈に反対した。

「半分ヤクザみたいなもんになって、どないするんじゃ。将来を考えてみい。おまえは戦災で生き残って、親から貰うた命、長らえて、親孝行せなアカンのとちゃうか。ちゃんと高校へ行って、ええとこに就職して……」

「そんなこと、おにいちゃんに言われんでも分かっとるわい。そやけど、親孝行って何やねん。金やろが。親、貧乏させて、食うもんも着るもんも不自由させて、何が親孝行や。それにゃ、命長らえてって言うけどや、おにいちゃんは、どないいや。特攻隊の生き残りや特攻崩れや言われながら、アメ公のお流れ貰うて食いつないで、アメ公の言いなりの民主主義や自由や平和や言うて、それで上の学校にも行かせて貰うて、良《え》えとこに就職できたから言うて自慢できるんかいな。金も仰山《ぎょうさん》送ってもくれんで、それで親孝行や言えるんかいな」

一気にしゃべる昭六の額に、無意識に予科練で仕込まれた指弾きを一発食らわせた。「黙れ、無礼者！」と出かかった言葉を飲み込んだ。もしそれを口にしたら、いっぺんに元の海軍軍人に戻ってしまう。咄嗟に昭一は、そう思ったのだった。

〈そうか。こいつは、ワシの生き様をそんなふうに思いこんどったのか〉

そのとき昭一は、怒るよりも先に情けなくて涙がこぼれてしまった。好きな映画も堪能できず、学業にも専念できず、天皇陛下と御国のためには命を棄てても惜しくはないと出征した。その見返りが、多くの「同期の桜」の死を見送ったことと、ガソリン無しの特攻失敗だった。

ガソリンだけでなく物量の圧倒的な差は、戦後アメリカ軍の物資運搬のアルバイトをしながら痛感させられたところでもある。空腹に耐えながらずっと考えさせられたのは、アホな戦争指導者を恨む前に、日本の経済復興と、そのためには絶対的な平和が必要だろうということだった。昭六に勉強、勉強と強く言ったのは、単に「良《え》え暮らし」をさせたかったから、だけではなかった。両親の貧しさも学校を出ていないからというだけでなく、やはり日本の政治経済の仕組みに根本的な問題があると思ったからだ。

昭一の、考えに考えた末の理屈。彼はそれを自己流の理論だと信じていたのだが、それは弟の簡単な一撃で崩れ去ってしまった。弟の話の方が身近で、実感に訴えるものがあったからだ。昭六だって、やっぱり命の大切さ、生き残って必死で生きようとしておったんだと察することも、今ならできる。

しかしまさか、この口論が兄弟最後のやりとりになるとは、その時、夢にも思わなかった二人であった。最後は喧嘩別れのようになってしまったのである。

「あらざらむ この世のほかの 思ひでに 今ひとたびの 逢ふこともがな」

昭六が好きだった和歌の一首だけが、自責の念とともに何度も心を過《よ》ぎった。

「昭六を、こんな死に方させたのは自分だったかもしれない。もう一度会って、ちゃんと話をしたい」

こんな兄に、いろいろと生じてくる厄介ごとを相談しに来ることもできなかっただろう。頼りになるのは姉の十四子だけだった。話はみな、彼女からの又聞きだったのだ。彼女は離れていてもずっと弟を見守ってくれていた。転職にせよ結婚と離婚にせよ、なにかと相談したり泣き言をいって来たりしていたそうな。そんな弟の人生の節目節目の大事な出来事を、姉から聞いてやるしかなかった頼りない兄。

〈手助けも、助言さえしてやれなかった不甲斐ない兄を、許してくれ〉

競輪選手も失敗だった。長屋の土間で懸命に練習する昭六を眺めながら、おかあちゃんは、「お前の車券、きっと買《こ》うたるさかい、頑張りや」と声をかけてやり、実際にまだB級になりたての昭六選手の車券ばかり買っていた。おとうちゃんは、「飲むのはええけど、打つのと買うのはアカン」と言って、賭け事とオンナを「買う」事には一切手を出さなかった。

「あんた、知らんやろけどな。おかあちゃん、車券買いで負けてばっかりやから借金してしもうてな、〃おとうちゃんに知られたら殺されてしまう〃言うて泣きついてきたんや。うちのひとも安月給やったけど、可哀想や言うて、こっそりとお金あげとったんやで」

十四子は立ち寄った高槻の家で、こっそりと昭一に告げたものである。

「そんな借金するようなお金、どこから都合してきたんや」と昭一。

「そら、あんた、頼母子講《たのもしこう》しかあらへんがな」

と、当たり前のことのように簡単に答える十四子。

ヤクザモンの金貸しはとっくに復活していた。しかし普通の市井のおかみさん連中が手を出せるようなものではない。そこは庶民の智慧とでも言おうか、「お互い様や」を合言葉に、普段から小銭を出し合って親元といわれる一箇所に金を貯めていて、必要とする者に順繰りに貸し出す。いわば私設の相互扶助信用金庫みたいなものだが、集められた金はもちろん正規の銀行に預けられる。ずっと借りることのない者は利子を受け取ることになる。信用だけが担保だから借りた者は必ず期限までに返済するのが絶対条件だ。それができないと、信用を失うだけでなく「村八分」になってしまう。そんな信用信頼関係だけで成り立っている頼母子講だが、時折、金を預かっている親元が持ち逃げしたり、返済できなくて夜逃げしてしまったりする者もいたのだ。

「そんなヤツ、ゼッタイに許せへんで」

普段からそう息巻いていたトミである。車券買いに夢中になって、負けこんで頼母子講から借金して、それで返済できないとなると、「そらあ死ぬほど辛かったやろ」と昭一にも分かる。しかしそれほどまでして昭六に入れ込んでいたとは……。

それからしばらくして、結局、B級に昇格してから初めて勝ったと大喜びしていたのも束の間、接触転倒して、右足骨折した昭六の選手生命は絶たれた。

「おかあちゃん、喜ばせようとしてムリしたんやわ」

涙もろい姉が、涙ながらに苦笑交じりで語ってくれた話だった。結婚と離婚の話も姉から聞いたのだった。昭一は「あんな良《え》え映画作りたい」という夢を叶えるために、就職していた「良《え》えとこ」さえ辞めてしまって東京に出た。経験も伝手《つて》もない生活は苦しかった。会社勤めの間に蓄えていた預金や買い貯めていた書籍を古本屋に売ったりして、当座を凌がざるをえなかった。

なにしろ映画作りの初歩から勉強しなければならなかったから、著名な映画監督の製作現場のエキストラ、照明のライト持ちから俳優の鞄持ちまでやった。黙々と働くその熱心さと気配りの良さが認められて、助手から助監督に引き上げられるまでに十年もかかった。やっと独り立ちして一本の映画作りを任せられたのは、さらにそれから五年かかった。

生きることに必死だったが、覚悟を決めて飛び込んだ世界で、拾った命をそこに注ぎ込む喜びは何物にも代えがたいものがあった。この間に映画は斜陽産業化しつつあり、テレビ全盛の時代を迎えていたから、独立プロを組織してテレビドラマの製作に夢中になった。そんな世界でメシが食えるようになったのは、ここ数年のことである。昭六のことを考えたり面倒をみてやる余裕もないまま、日々が過ぎていった。

姉の話では、神戸での生活に挫折してから、昭六は岩屋の清の伝手《つて》を頼って大阪の船会社に就職したらしい。明美の死を知ってから後のことだ。そしてその会社に出入りしている弁当屋の娘と結婚した。それで落ち着いた暮らしに入っておれば、彼の人生も平穏無事に過ぎたかもしれない。昭六とその嫁はんとの仲は長続きせず喧嘩別れして、また神戸に帰って来た。しかしそのころは既に両親も亡くなっており、茂一も老いて昭六の世話をしてやることもできなかった。やっと見つけて住み込みで働くようになったのが、パチンコ店だったのである。

こうして還暦を過ぎてから四年が経って、大震災にぶつかってしまったのだった。

姉の十四子は涙ながらに弟の不運不幸を語った。彼女はその話の終わりに、

「あのヨメはアカンかった。あれはオトコをムチャクチャに壊してしまう。大阪の悪いオナゴの見本やで」

と吐いて捨てるように断言して、それ以上は触れたくもないという態度だった。見本というのは典型だということだろうと推測はしたけれど、見たことも逢ったこともない噂だけの女性だったし、そもそも「大阪のオナゴ」というのからして訳が分からない。黙って頷いてやるしかなかった。幸せな結婚、家庭生活ではなかったのだということだけは理解できて、重苦しい気分になったものだった。


お墓のない墓前で、昭一はただひたすら祈るしかなかった。

どのくらいそうしていただろうか。立ち去りがたい重い心のまま立ち上がる。空はずっと澄み切っていて、その向こうの山々は依然として焼け野原の上にくっきりと眺められた。ふと、そこに幻のような街並みが浮かび上がってくる。それはコンクリート建てのアパート群だった。間違いなく、復興される街というのは、そのような綺麗に並べられ規格化されたハコモノの列だという予感がする。そうすると、そこに年老いた父と母とがオロオロしている図式が想像されるのだった。

エスカレーターとかエレベーターさえ利用したことがない、乗り物といえば市電と自転車だけの時代を生きてきた両親だった。自動車は、霊柩車だけだったのか……。

霊柩車という言葉が思い浮かんで、ふと頭を過《よ》ぎったことがある。あれはまだ進駐軍のところでアルバイトしていたころだったか。街の中を一台の、普通の乗用車だが見るからに葬儀の車だと分かるように装飾されたのが、いかにも厳粛に重々しく運転されてきた。それを見た時、昭一はなぜだかひどく感動したのだった。

ああ、やっと、たったお一人の方のためだけに、その死を悼むことができるようになったんだと。

出征中にお婆ちゃんは死んだが、昭六の戦後の話では、葬式も出してやれなかったそうな。戦災で亡くなった人々は勿論、一人一人の葬式なんて出せるはずもなかったし、靖国神社に祀られるはずの戦死者でさえも「合葬」ということで、いい加減な祀り方をされたらしい。それどころか後に聞いた話では、納骨された白木の箱には本物の遺骨さえ入れられていなかったことが多々あったという。

これからは、一人一人のお葬式が出せる世の中になるんや。「異状なし」と言われて、この世からさっさと抹殺されるような時代と違う時代が来るんや。平和やからこそやで。それが昭一の感動からの結論だった。

両親の葬儀も、ご近所の衆のお蔭で立派に出させてもらった。最後に父親を看取ってくれた医者の話では、長年のガス会社勤めで少しずつガスを吸って胸をやられていたという。結核みたいな病気で、神戸の北、鷹取山の裏側にある療養所に入っていて、ひっそりと息をひきとった。母親は心臓が強くて、連れ合いの死後、五年も存命だったが、家の中でポックリと死んでいたのを、いつも様子を見に来てくれる隣のアッコちゃんが見つけて、これまたご近所の皆さん方の手でお葬式を出してもらった。

両親のどちらも、死に際にしても葬式にしても、子供らが手を出すまでもなく事は運ばれていたのだった。父親の時は、昭一はフランスの映画祭に出席していて間に合わなかった。母親の時は、昭六が何か家のゴタゴタがあったとかで来られなかった。どちらも姉の十四子は出ていて、後に高槻を訪れた昭一に不平不満をぶっつけたものである。

「ワテ一人で近所の皆さんに頭を下げまくったんやで。あんたら、ほんまに親不孝や。ちゃんとみんなでそろって祀れないんやから」と。

姉の声に被さって昭六の声が聞こえてくるような気がした。

「おにいちゃん、そんなんでええのか。東京に出て、ええカッコして。それがナンボのもんじゃ」

そう面と向かって罵られれば、昭一にも言い分はある。

「おまえこそ、親に心配ばっかりかけてからに。そんなんでええのか」

無駄な反論だし、理屈に合わん話やろなあ。昭一は頭の中での弟との罵りあいを苦笑で誤魔化すしかなかったものだ。そしてあらためて心から近所の人たち、おそらく、その多くが両親とあまり変わりないお歳ごろだろう、に感謝するしかなかった。

そんな近所付き合いの暮らし向きしか知らない両親やご近所のお年寄りたちが、コンクリートに囲まれたハコモノの中でどんな暮らしをするだろうか。一間か二間しかないガチガチの硬い壁に囲まれた空間。だけどそこに先ず何を差しおいても仏壇を祀るだろう。それから竈《かまど》の神様の荒神《こうじん》さん、戸袋の神様、厠《かわや》の神様……。

待てよ、長屖しか知らない人たちに、竈や戸袋がないから神様を祀れないと説明するのは大変だろうな。トイレだって、それのどこに神様を鎮座させるのか。洋式トイレに初めて入ったとき、母親は使い方が分からなくて便座の枠の上に乗っかって用を足したそうだ。「あんな使い勝手の悪いお便所、イヤやで」と嘆き憤慨していたと、これも十四子の話。

そんな愚痴をしゃべり合ったり、相談する年寄り仲間もいない。年寄りたちはみな一人一人コンクリートに囲い込まれて孤立しているだろう。

虫食いのような焼け跡の街中を歩みながら、昭一は空想し続ける。戦争でやっと生き残った沢山の人々が、今度は大震災で死んでしまった。昭六もその一人なのだ。両親は幸いにもその前に亡くなっていたが、もし二人が、そして昭六が生き残っていたとしたら、この寒空の下、どんな暮らしをするのだろうか。

大震災は天災だ。それを避けることはできない。戦争は人災だ。人間の叡智《えいち》で避けることができる。人災を逃げのびた人たちが天災でやられてしまった。それをもし天命だと言うなら、天はあまりにも無情過ぎはしないか。

昭一は天に向かって大声で叫びたい衝動にかられていた。

長屋は綺麗さっぱりと焼き払われている。両隣のお婆ちゃん、おじさんおばさんは震災前に亡くなっていたが、裏の中華料理屋の趙《チョウ》さん夫婦らは存命中だったから、焼け出されてやっぱり酷い目に遭ったらしい。

昭六が可愛がっていたアッコちゃんら三人娘。これも姉の話だが、あの長屋には長女だけが残っていたそうな。もう還暦近かったやろ。震災のあった日の夕刻、垂水《たるみ》の方に住んでいた末娘のマッちゃんこと正子が、着るもの食べるものを持って徒歩で駆けつけたときには、まだブスブス燃え残りの梁《はり》の下に押しつぶされて焼け死んでいたそうな。

なんの因果やろ。そんな可哀想な姿で死んでしまうやなんて。いっそのこと、戦争でおとうちゃんおかあちゃんらと一緒に死んどった方が、まだマシやったんと違うか。

昭一よりも二〜三日前に、十四子は供養の花を持って長屋の焼け跡を訪れたそうな。そしてずっとそこに佇んでいたかのような恰好の正子が、十四子に縋《すが》りついて泣きながら語ったという。それほど親しくもなく、子供のころに数回しか会ったことがなかった二人なのに、誰かに胸に溜まっていた鬱憤《うっぷん》を、悲しみを、怒りを訴えたかったんやろなあ。

昭六よ。おまえもやっぱり、そないに思うやろか。戦争でおとうちゃん、おかあちゃんと一緒に死んどった方が、よっぽどマシやったと。

アイツは、ほんまに何も嬉しいこと、楽しいこと、生きていて良かったと思えるようなことがなかったのだろうか。そうではなかったと思いたい。

その時、ふと昭六から送られてきた手紙、考えてみたら兄弟の間でやり取りしたのはたったの三通しかなかったことに気付いて愕然《がくぜん》としたが、その手紙のことを思い出した。一通は二中に合格した折に、誇らかに胸を張るような気負いに満ちた文言の手紙。もう一通はB級で初勝利した折の、やはり気負いたって希望に満ちた文言が書き連ねてあった手紙。そこにはっきりと書かれていたのは、競輪選手として独り立ちできるという自信と、一人の女性を「ものすごく好きになって、一緒になりたい。彼女もそれを望んでいます」という言葉だった。最後のは、オヤジの死去の報せだった。

「好きになった」というのが、どこのダレとは書いていなかったから分かるはずもなかったが、震災後の十四子の話を聞いて、それがダレだったか分かったのだった。

「昭六なあ、最後の最後まで、大事に胸に抱えとった写真があるんや。淡路の明美さんやった」

昭一は明美に二、三度しか会ったことはなく、親しく話したことはなかったから、印象としては素直で可愛げのある少女、という程度のことだった。しかし昭六がいそいそと岩屋に出かけていたことは承知していたから、ああ、やっぱり明美さんに逢うために通っていたのかと納得するところがあった。

　少年期から青年期に変わりつつあるころ、一人の女性に夢中になっていたことが分かって、昭一はほっとした。

「アイツもいっちょまえに、恋をしていたのか。それも還暦過ぎてからも、まだ想い続けていたんやなあ」と。

　その純愛とでも言いたくなるような、「ヒョウロク」という仇名に似ず、遠慮深かった密やかな想いが、ほっとするような安らぎと同時に、ひどく哀れで愛おしく思えて、昭一は涙を新たにするのだった。

　泣くな、昭六。おとうちゃん、おかあちゃんが待っとるよ。それに明美さんもな。みんなで平和で安気《あんき》に暮らしておくれ。

「ヒョウロク、なに、さらしとるんじゃ。ボヤボヤしとらんと、早う逃げんかい。おかあはんをひっ抱えて逃げるんや」

「そんなこと言うたかて、お茶碗、お皿、もったいのうて捨《す》てて行かれへん。ヒョウロク、先に早う逃げなはれ」

昭六から聞いて知っていた、あの必死の一夜の話が聞こえてくる。

「さすがのおかあちゃんも、あの石臼だけは、ひっ抱えて持ち出せなかったんや！」

昭六の締めの言葉だった。

今はもうみんな笑い話やなあ。おとうちゃん、おかあちゃん。それにヒョウロクよ。みんなで仲良う、按配《あんばい》よう、暮らすんやで。ワシももうすぐそっちに行くよって、待っててな。

その時は、泣かずに笑って迎えておくれ。

暮れなずむ神戸の下町を後に、昭一はブツブツ呟きながら駅に向かった。


この年、「ガンバロー　神戸！」を合言葉に、イチローや田口や平井らが活躍した阪急ブレーブス改名後のオリックス・ブルーウェーブが、日本プロ野球、パ・リーグの頂点に立つことになる。

著者プロフィール

姫田 光義（ひめた みつよし）

1937年10月2日神戸生　神奈川県在住
神戸市立西代中学・兵庫県立長田高校卒業
1961年3月　東京教育大学文学部東洋史学科卒業
1965年3月　同大学大学院文学修士
1965年4月－1975年3月　日本国際問題研究所研究員
　この間1972年3月－1973年10月　外務省駐香港総領事館特別研究員
1975年4月　中央大学に奉職　2008年3月　同退職
現在　中央大学名誉教授「撫順の奇蹟を受け継ぐ会」代表
「再生の大地」合唱団団長　雑誌『中帰連』発行人
「NPO中帰連平和記念館」理事「旧陸軍登戸研究所保存の会」共同代表等

〈著書〉
『中国近現代史　上下巻』編著（東京大学出版会　1982年）
『中国革命に生きる』（中公新書　1987年）
『もう一つの三光作戦』（青木書店　1989年）
『中国民主化運動の歴史』（日中出版　1990年）
『三光作戦とは何だったか』（岩波ブックレット　1995年）
『中国革命史私論』（桜井書店　2000年）
『林彪春秋』（2009年　中央大学出版部）
『小李の歌』（文芸社　2020年）等

泣くな ひょうろく 戦災に生き 震災に死す！

2021年8月15日　初版第1刷発行

著　者　姫田 光義
発行者　瓜谷 綱延
発行所　株式会社文芸社
〒160-0022 東京都新宿区新宿1－10－1
電話 03-5369-3060（代表）
03-5369-2299（販売）

印刷所　株式会社フクイン

ISBN978-4-286-22846-4